KB104547

당시 사계

唐詩 四季

여름을 노래하다

당시 사계

唐詩 四季

여름을 노래하다

夏

삼호고전연구회 편역

 도서출판 수류화개

머리말 _006

一. 당인唐人의 여름나기

1. 저녁 서호에서 돌아오며 고산사를 되돌아보다 여러 객에게 보내다 · 백거이 _012
2. 석어호에서 취해 노래하다 · 원결 _016
3. 섬중으로 가는 저옹과 이별하다 · 이백 _020
4. 엄공이 5월에 초당에 왕림하시고 아울러 술과 안주를 내려주셨네 · 두보 _024
5. 나부산인이 갈포를 보내다 · 이하 _028

二. 여름과 사랑 · 그리움

6. 강남행 · 장조 _034
7. 자야의 오나라 노래 − 여름노래 · 이백 _038
8. 유주 성루에 올라 장주 · 정주 · 봉주 · 연주 네 자사에게 부치다 · 유종원 _042
9. 여름날 남정에서 신대를 그리워하다 · 맹호연 _046
10. 원망스런 당신 · 맹교 _050
11. 치천 산수를 감상하며 · 대숙륜 _054
12. 절구 · 두보 _058
13. 형문산을 지나 고향 강산과 작별하다 · 이백 _062
14. 연밥을 따네 · 왕창령 _066
15. 파 땅 소녀의 노래 · 우곡 _070

三. 여름과 비애

16. 긴 노래 짧은 노래를 이어 부르다 · 이하 _076

17. 여름밤의 노래 · 두보 _080

18. 낭중 사흠과 황학루에서 피리소리 듣다 · 이백 _084

19. 여름날 노장군의 숲속 정자에 제하다 · 장번 _088

20. 못에 핀 연꽃 · 노조린 _092

21. 변방의 노래 · 이백 _096

四. 여름 풍경

22. 절구 즉흥시 · 두보 _102

23. 오랜 비에 망천장에서 짓다 · 왕유 _106

24. 제안군 연못 절구 · 두목 _110

25. 시냇가에서 비를 만나다 · 최도융 _114

26. 보은사 상방에 쓰다 · 방간 _118

27. 한여름 꽃 · 위응물 _122

28. 비 멎은 후 넓은 들판 바라보며 · 왕유 _126

29. 산 속 별장에서 보내는 여름날 · 고병 _130

30. 강촌 · 두보 _134

머리말

올 여름은 작년 여름보다 더 더울 것이라고 한다. 기록적인 폭염이 될 것이라는 사람도 있다. 예전에는 계절의 변화가 겨울에서 봄으로 넘어갈 때 가장 극적이었다고 한다면, 최근에는 그보다 봄에서 여름으로 넘어갈 때가 가장 크다는 느낌이 든다. 그래서인지는 모르겠지만 더위를 견디기가 더 힘들어진 것 같다. 이 길고 찌는 여름을 어떻게 날 것인가?

　지금은 선풍기나 에어컨 전원을 켜고 냉수로 샤워하고 냉장고에 보관된 시원한 과일이나 아이스크림을 먹는 등 그 자리에서 손쉽게 더위를 피하는 방법이 다양하다. 하지만 이런 것들은 비교적 최근에 들어서야 가능해진 일이다. 그 이전에는 어떠했을 지를 생각해본다. 한여름의 뙤약볕을 고스란히 몸으로 받아내고 저녁에 집으로 돌아와 등목하고 선풍기 바람 쐬는 정도가 전부였던 것 같다.

　시간을 더 거슬러 올라가, 중국의 고대인들은 더운 여름을 어떻게 났을까? 전해지는 자료에 따

〈도1〉 청동빙감靑銅氷鑒

르면 의외로 다양한 피서방식이 있었다.

먼저 가장 보편적인 것으로 부채가 있다. 부채의 제작과 관련된 전설은 황제黃帝와 관련된다. 송나라 고승高承이 지은《사물기원事物紀原》에서는《황제내경黃帝內經》을 인용하여 "황제가 오명선五明扇을 만들었다"고 한다. 대부분의 부채는 대나무로 만들었지만 종이로 만든 것은 가벼운데다 그림과 글씨까지 곁들여져 문아文雅한 정취가 더할 나위 없었다. 그리고 한나라 때 이미 기계식 부채가 만들어졌다는 기록도 있다.《서경잡기西京雜記》에 다음과 같은 기록이 있다. "장안長安의 뛰어난 장인 정완丁緩이 칠륜선七輪扇을 만들었다. 지름이 모두 일 장丈이고 연결되어 있어서 한 사람이 운전하면 온 집안이 시원해졌다." 당나라 때에는 더 발달하여 바람은 물론이고 물까지 이용하여 집을 시원하게 하는 양옥涼屋을 건축하기도 했다.

얼음을 이용해서 더위를 쫓기도 했다. 얼음 창고의 축조는 주나라 때부터였다. 다양한 용기를 개발하여 사용했는데, 1977년에 호북성湖北省 수현隨縣 증후을묘曾侯乙墓에서 출토된 청동빙감靑銅氷鑑[도1]이 대표적이다. 일반적으로는 목재로 만들었고 내부에 보냉이나 위생 때문에 납이나 주석을 넣었다. 청나라 때에는 화려한 겹사법랑빙상掐絲琺瑯氷箱[도2]이 만들어지기도 했다.

여름 기온이 높은 지역인 경우에는 아예 시원한 지역에 임시 거처를 건축하여 옮겨

〈도2〉 겹사법랑빙상掐絲琺瑯氷箱

가 지내기도 했다. 무더운 자금성을 벗어나 북경의 이화원頤和園^{도3}이나 승덕承德의 피서산장避暑山莊^{도4}으로 간 것이 그 예다.

이밖에 시원한 음식과 음료를 만들어 먹기도 하고 하루에도 몇 번씩 몸을 씻기도 했다. 당나라와 관련하여 특별히 언급할 만한 것은 의복이다. 중국 고대의 의복은 계절에 관계없이 긴소매였고 게다가 여러 겹으로 입어야 하는 것이었다. 하지만 당나라 풍속은 비교적 개방적이었고, 여성에 대해서도 크게 속박하지는 않았기 때문에 의복도 간편하게 입을 수 있었다. 당나라의 여성들은 옷깃이 짧은 의복을 만들어 입었는데 오늘날의 짧은 소매의 옷만큼이나 상당히 시원하게 지낼 수 있었다. 물론 다른 시대에는 불가능한 일이었다.

이상에서 이야기한 것은 육체적으로 안팎의 더위를 쫓는 방법들이었다. 어린 시절의 여름을 생각해보면 늘 바닷가에서 살았던 탓도

〈도3〉 이화원頤和園

있겠지만 그렇게 더웠다는 느낌이 없다. 더위를 의식하지 않고 놀았기 때문에 여름 더위가 특별하게 기억되지 않는 것이 아닐까? 여름 한철에도 등이 몇 번씩 벗겨질 정도로 정신없이 놀았다. 입술이 파래지도록 물속에서 놀다보면 그렇지 않아도 짧은 여름 방학은 금방 지나갔다. 여름 내내 시원한 물속에서 지내는 것과 같은 일이 더 이상 현실적으로 가능하지 않은 지금 여름을 어떻게 보내야 할까? 당나라 시인의 여름나기를 중심으로 좋은 피서거리를 마련했다. 당나라 시인의 여름나기에 몰입하면서 마음의 더위라도 해소할 수 있는 기회가 되기를 바란다. 해 지난 자료를 다시 들여다보고 고생한 필진들과 출판사 측에서 애쓴 모든 분들께 감사의 마음을 표한다.

2019년 7월 부천 무아재에서 서진희

〈도4〉 피서산장避暑山莊

一

唐人

당인의 여름나기

저녁 서호에서 돌아오며 고산사를 되돌아보다 여러 객에게 보내다
석어호에서 취해 노래하다
섬중으로 가는 저옹과 이별하다
엄공이 5월에 초당에 왕림하시고 아울러 술과 안주를 내려주셨네
나부산인이 갈포를 보내다

1. 저녁 서호에서 돌아오며 고산사를 되돌아보다 여러 객에게 보내다
西湖晩歸回望孤山寺贈諸客

🪷 백거이白居易

버드나무 늘어선 호수 소나무 우거진 섬의 연꽃 핀 절

저녁에 배 타고 귀가하기 위해 도량을 나오네

비파枇杷는 산 속에 쏟아진 비로 낮게 드리우고

종려나무 잎은 물 위로 불어오는 시원한 바람에 떠네

안개 깔린 수면 위로 물결 출렁이며 푸른 하늘 흔드는데

누대와 전각은 들쭉날쭉 석양에 기대어 있네

물가에 이르러 객들에게 돌아보게 하니

봉래궁이 바다 가운데 있는 것 같네

柳湖松島蓮花寺, 晩動歸橈出道場. 盧橘子¹低山雨重, 栟櫚葉²戰水風涼. 烟波淡蕩搖空碧, 樓殿參差倚夕陽. 到岸請君回首望, 蓬萊宮³在海中央.

1 노귤자: 비파枇杷의 열매이다.
2 병려엽: 종려나무 잎이다.
3 봉래궁: 봉래는 바다 가운데 신선이 머문다는 전설 상의 산이다. 고산사에 봉래각이 있어 자연스럽게 연상된다.

제방 따라 버드나무가 늘어선 서호 가운데
소나무 우거진 섬 고산에 자리 잡은 고산사
주위 호수에 연꽃이 가득하다.
공무가 없는 때에 틈을 내어 고승의 설법을 듣고
저녁나절에 배타고 돌아가려 절을 나선다.
향기로운 큰 열매가 달린 비파나무는
빗물을 듬뿍 머금어 더 낮게 드리워지고
종려나무의 큰 잎은 맑은 바람이 불어오자
부딪치며 흔들거려 시원함을 더해준다.
배 타고 호수 위로 나가니
안개 자욱한 수면 위로 출렁이는 물결은 멀리 하늘까지 뻗어 있고,
돌아보니 고산사의 누대와 전각은 석양을 배경으로
들쭉날쭉 두드러져 보인다.
물가에 이르러 함께 한 여러 객에게 돌아보게 하니
신선이 머문다는 봉래산의 봉래궁이 바다 가운데 떠 있는 것 같다.

◆ 감상

백거이는 장경長慶 2년(822) 가을부터 4년(824) 여름까지 항주자사杭州刺史를 지냈다. 이 작품은 설법을 듣고 난 뒤 돌아가는 길에 본 고산사 주변의 수려한 아름다움을 읊었다. 생동감 있는 묘사와 풍경에는 시인의 즐거운 감정이 녹아 있다.

1·2구는 멀리서 전체적으로 보이는 모습을 표현하고, 3·4구는 가까이에서 관찰한 풍경을 과일의 향기라는 후각적 요소와 몸으로 느낄 수 있는 청량한 바람이라는 촉각적 요소를 결부시켜 독자가 실제로 그곳에 있는 듯한 느낌을 준다.

5·6구는 배에 올랐을 때 전방에 펼쳐진 풍경과 뒤돌아보았을 때 보이는 풍경을 푸른 하늘과 석양이라는 대조적인 색감을 통해 표현했고, 7·8구는 혼자 보기에 아까운 이 풍경을 다른 사람과 함께 하고 싶은 시인의 마음이 드러나 있다.

시 전체가 온갖 감각의 향연이고 그 감각들과 감정이 하나로 융합된 즐거움의 세계다. 여름이라는 덥고 습한 계절에 이러한 세계를 경험할 수 있다면 그야말로 신선놀음이 아닐까?

　백거이白居易(772－846)는, 자字는 낙천樂天, 호號는 향산거사香
山居士·취음선생醉吟先生이다. 하남河南 신정新鄭에서 태어났다.
현실주의 시인으로 원진元稹과 함께 신악부운동新樂府運動을 창도
했다. 관직은 한림학사翰林學士, 좌찬선대부左贊善大夫에 이르렀다.
　시가의 소재와 형식이 다양하고 표현은 평이하고 통속적이다. '시
마詩魔' 또는 '시왕詩王'이라 불렸다.《백씨장경집白氏長慶集》이 세
상에 전해지고, 대표적인 시 작품으로는 〈장한가長恨歌〉, 〈매탄옹
賣炭翁〉, 〈비파행琵琶行〉 등이 있다.

백거이

2. 석어호에서 취해 노래하다

石魚湖上醉歌

🪷 원결元結

석어호는

마치 동정호에

여름물이 불어 군산이 푸른 것 같네

골짜기는 술잔 삼고

호수물은 술연못 삼으니

많은 술꾼들 모래섬에 둘러앉았네

사나운 바람 몇 날 이어지고 큰 물결 일어나도

술배를 막을 수 없네

내 긴 술잔 들고 파구산에 앉아

주위 객들에게 술을 따라 근심을 씻게 하네

石魚湖[1], 似洞庭, 夏水欲滿君山淸. 山爲樽, 水爲沼, 酒徒歷歷坐洲島.

長風連日作大浪, 不能廢人運酒舫. 我持長瓢坐巴丘, 酌飮四坐以散愁.

1 석어호: 중국 호남성湖南省 도현道縣에 있는 호수이다.

호수 남쪽 도주道州의 석어호는 마치 동정호의 군산같아
여름이면 물이 불어 푸른빛으로 가득하네.
또 산골짜기를 술잔으로 삼고 호수 물을 술연못으로 삼아
많은 술꾼들 모래섬에 둘러앉았네.
연일 태풍이 치고 파도가 일어나도
술 싣고 가는 배를 막을 수 없네.
나는 술을 채운 호로병 들고 파구산에 편안히 앉아
주위 객들에게 술을 따라 근심을 씻게 하네.

◆ 감상

　이 시는 원결이 만년에 도주자사道州刺史로 있을 때 지은 시다. 원결은 산수의 아름다움을 노래하는 시문을 많이 지었다. 특히 〈우계기右溪記〉는 청나라 오여륜吳汝綸이 "원결이 도주의 산수를 마음껏 유람한 것은 유종원의 산수기문의 단서를 열었다.[次山放恣山水, 實開子厚先聲]"라고 평하였다. 또 시로는 석어호의 산수를 노래한 시를 3수나 지었다. 원결은 〈석어호에서 짓다[石魚湖上作]〉,〈밤에 석어호에서 연회를 열다[夜宴石魚湖]〉,〈석어호에서 취해 노래하다[石魚湖上醉歌]〉에서 과장법과 상상력을 활용하여 몇 자 밖에 되지 않는 연못을 광대한 동정호로 바꾸고 같이 술 마시는 사람도 풍류주객風流酒客으로 바꾸어 놓았다. 상상력이 뛰어나다. 작은 호수를 동정호로 확장하니 가슴으로 시원한 여름바람이 불어오는 것 같다. 이는 범상한 자연을 아름다운 인문자연으로 바꾸어놓았다고 할 수 있다. 이 시의 배경을 알면 시의 내용이 잘 들어오기 때문에 서문을 아래와 같이 인용한다.

서문: 석어호에서 취해 노래하다

나는 공전의 쌀로 술을 빚어 휴가 때에 석어호로 가져가서 잠시 취한다. 술기운이 오르면 호숫가에서 석어(물고기 모양 바위)를 향해 팔을 뻗어 술을 가져다 또 배에 싣게 하고는 좌중의 사람들에게 마음껏 마시게 한다. 동정호의 파릉산에서 군산을 향해 손을 뻗어 술을 푸는 것 같으며, 같이 놀러 갔던 사람들도 동정호가에 둘러앉은 것 같다. 배가 흔들흔들 물결을 부딪치며 오고가니, 이에 이 시를 지어 노래한다.

漫曳以公田米釀酒, 因休暇, 則載酒於湖上, 時取一醉. 歡醉中, 據湖岸, 引臂向魚取酒, 使舫載之, 偏飲坐者. 意疑倚巴丘酌於君山之上, 諸子環洞庭而坐, 酒舫泛泛然觸波濤而往來者. 乃作歌以長之.

◆ 작자 소개

원결元結(719-772년)은 낙양 사람이다. 천보天寶 12년(753)에 진사과에 급제하고 안사의 난 때 강남으로 피난 갔다. 사사명史思明의 반란군을 진압하는 데 참여하여 공을 세웠다. 노장사상의 영향을 많이 받아 사회를 신랄하게 비판했으며, 정치현실과 백성들의 고통을 반영한 시가 많다.

시는 정치교화를 위해 지어져야 한다고 주장했으며, 당시 성률聲律이나 사채詞彩(말이나 글의 우아함) 등 형식미에 지나치게 구속되는 폐단을 반대한 신악부운동의 발단이 되었다. 원결은 근체시近體詩*를 거의 쓰지 않았고 주로 오언고시五言古詩를 잘 썼으며 질박하고 필력이 굳센 특징을 지녔다.

---

*근체시 : 한시漢詩의 일종으로 금체시今體詩라고도 한다. 압운押韻·평측平仄 등의 외형률外形律이 엄격한 것이 특징인데, 오언五言 또는 칠언절구七言絶句와 율시律詩 등이 있다. 당나라 초기 심전기沈佺期·송지문宋之問 등에 의하여 완성된 시의 형식이다.

3. 섬중으로 가는 저옹과 이별하다
別儲邕之剡中

🪷 이백 李白

섬중 땅 어찌 가냐 물어보니
동남쪽 월향을 가리키네
광릉에서 배 띄워 보내고 나니
길게 이어진 강줄기, 회계로 흘러가네
강가 대나무 우거져 푸르르고
잔잔한 수면엔 연꽃 향 은은하네
당신과 이별한 뒤 천모산 가서
바위 베고 누워 맑은 서리 맞으리라

借問剡中道, 東南指越鄕. 舟從廣陵去, 水入會稽長.
竹色溪下綠, 荷花鏡裏香. 辭君向天姥, 拂石臥秋霜.

그대와 만나 밀린 이야기 나누다 보니
어느새 헤어질 시간이 되었네.
섬중으로 간다기에 방향을 물어보니
그대 동남쪽 월향을 가리켰지.
양주 광릉 나루에서 배에 몸 싣고 떠나는 그대
보내고 문득 정신을 차려보니
그제서야 시야에 들어온 강줄기.
길게 뻗은 강물이 멀리 회계 땅으로 흘러 들어가네.
그대와 헤어진 이곳에 그대 자취 남은 듯
맑은 강가 대나무 푸르고, 잔잔한 수면 위 연꽃 향 은은하네.
맑고 은은한 당신 자취 지우기 싫어,
당신과 이별하고 천모산 가서는
깨끗한 바위에 누워 쉬며 맑은 서리만 맞으리라.

◆ 감상

여행을 다니다 타지에서 마음 맞는 벗을 사귀는 것은 매우 기분 좋은 일이다. 이백 역시 여정 중에 마음 맞는 벗을 만나 회포를 푸는데, 헤어질 시간이 다가오자 마음이 조급해졌다. 벗이 섬중 땅에 간다고 하자 섬중이 어디며, 무엇을 타고 갈지 묻는다. 이백이 섬중이 어딘지 모르고 물었을까? 다시 만날 기약 없는 벗과 헤어지기 아쉬워하는 이백의 마음이 이 두 구절에 담겨있다.

양주 광릉 나루에서 벗을 떠나보내고, 주변을 둘러보니 비로소 경관이 눈에 들어온다. 특히 '길게 이어진 강줄기, 회계로 흘러가네.[水入會稽長]' 한 구절은 시의 시야를 확대해 준다. 이별을 아쉬워하다 벗을 보내고 문득 떠나는 뒷모습을 바라본다. 이내 멀리 뻗은 강줄기가 회계 땅으로 흘러들어가는 것을 알아챈다. 그리고 벗과의 이별을 마음으로 실감하면서 드디어 주변 경관이 눈에 들어오기 시작한다. 무심코 강변에 우거진 푸른 대나무, 나루터 주변 수면에서 은은한 향기를 풍기는 연꽃을 바라보는데, 맑고 은은한 자연에서 다시한 번 떠나간 벗의 자취를 찾는다. 여기까지 읽으면, 시를 감상하는 우리는 자신도 모르게 이백의 눈길을 따라다니는 것 같은 착각을 일으킨다. 마치 우리가 당시의 이백으로 분장한 듯, 벗과의 대화에 집중하다 먼 강줄기로 시야가 확대되기도 하고, 벗의 자취를 찾기 위해 시야를 주변으로 돌려 경물*을 바라보기도 한다. 아쉬워하는 이백의 마음이 이 구절에서 증폭된다.

마지막 두 구절에는 아쉬운 마음을 좋은 감정으로 승화하려는 작자의 마음가짐이 잘 드러나며, 이 시의 백미라 할 수 있다. 이제 이백

자신도 다음 여정인 천모산을 향해 길을 떠나야 하는데, 떠나보낸 벗의 맑고 은은한 느낌을 지울 수 없다. 이 좋은 느낌을 어떻게든 오래 내 마음속에 간직할 수 있을까 고민하다가 한동안 깨끗한 바위에서 지내며 맑은 이슬만 맞으리라 다짐한다.

여행 중에 마음 맞는 사람과 만나 정담을 나누다 만날 기약 없이 헤어지면 얼마나 아쉬운가? 작자는 경관과 경물을 담담하게 서술하였지만 그 속에 담긴 정서情緒는 경관과 경물을 따라다니며, 증폭되었다가 감소되기를 반복하며 이 시를 읽는 독자의 마음에 잔잔한 감동을 준다.

* 경물: 계절을 느낄 수 있는 경치를 말한다.

4. 엄공이 5월에 초당에 왕림하시고
아울러 술과 안주를 내려주셨네
嚴公¹仲夏枉駕草堂兼攜酒饌

🌸 두보杜甫

대나무 숲 속 임시 주방에서는 옥쟁반 씻어 술과 음식 담아내고

꽃 옆에는 황금 안장 말들이 줄지어 섰네

사람 보내어 나를 급히 불러도 상관치 않으니

장군의 예법이 관대함을 절로 알겠네

오랫동안 외진 곳에 살아 사립문도 멀게만 느껴지고

오월의 강은 깊고 초가는 쓸쓸하네

한낮에 고깃배들 오가는 것 바라볼 뿐

늙은 농부가 어찌 사귀는 즐거움 다할 수 있을까

竹裏行廚洗玉盤, 花邊立馬簇金鞍. 非關使者徵求急, 自識將軍禮數寬.
百年地僻柴門逈, 五月江深草閣寒. 看弄漁舟移白日, 老農何有罄交歡.

---

1 엄공: 엄무嚴武(726−765)이다. 두 차례에 걸쳐 촉蜀을 진압하고 검남절도사劍
南節度使와 성도부윤成都府尹을 지냈다. 이 무렵 두보杜甫는 엄무와 매우 가깝게
지내 성도를 떠돌 때 도움을 많이 받았다. 엄무에 관한 시 6수가 남아 있다.

한여름 우거진 대나무 숲 속에 마련된 임시 주방에서는
옥쟁반 씻어 준비해온 술과 음식 담아내고
숲 밖에 만발한 꽃 옆으로는 황금 안장 얹힌 말들이 늘어서 있다.
사람 보내어 재촉해도
초당에서의 정적인 삶에 익숙해진 시인의 반응은 기민하지 못하고
그럼에도 초당까지 와서 기다려주는 엄공의 관대함에 감사할 뿐이다.
오랫동안 외진 곳에 살면서 바깥출입을 거의 하지 않다 보니
사립문도 멀게 느껴지고
오월의 불어난 강물이 깊어져 여름이 한창임을 알려주지만
초가는 대조적으로 더 쓸쓸하게 느껴진다.
즐길거리라고는 한낮에 오가는 고깃배들 바라보는 것밖에 없는데
늙은 농부에게 오늘 같이 사귀는 즐거움을
다시 누릴 기회가 있을까?

◆ 감상

보응寶應 원년(762) 5月, 성도成都 초당草堂에서 엄무嚴武가 술
과 음식을 가지고 찾아온 일을 이야기거리로 시를 지었다. 한여름에
기쁘게도 친한 벗이 술과 안주를 가지고 와서 즐거운 자리를 가지면
시원하게 더위를 이길 수 있을 것이다.

이 시는 '한寒'자를 운으로 받아 지었다고 밝히고 있다. 이 글자는
주로 겨울과 관계된 단어에 사용된다. 한여름과 한겨울이 동시에 존
재하면서 어울릴 수 있을까?

중국 예술의 특징을 이야기할 때 갈대에 서리가 내린 강변, 나뭇
잎이 다 떨어진 늦가을의 풍경이나 눈 내린 겨울 산의 모습을 떠올
리게 하는 개념으로 '황한荒寒(쓸쓸하고 춥다)'이라는 말이 있다. '한
寒'은 예술 작품을 통해서 고독, 청정淸靜, 황량함, 고요함의 경계로
승화된다. 여기에서 외부 환경보다 내면의 마음 상태를 중시하는 중
국 문인의 가치관이 드러난다.

전반부의 흥겨움과 후반부의 쓸쓸함은 대조를 이루면서 고맙고
반가운 마음과 시인의 고독하고 고요한 내면을 두드러지게 해준다.
여름동안 외부 환경에 휘둘려 몸과 마음을 태우기보다 자신만의 청
정함을 찾아가 보는 것은 어떨까?

◆ 작자 소개

두보杜甫(712-770)는, 자는 자미子美, 호는 소릉少陵이다. 중국 최고의 시인으로 '시성詩聖'이라 불렸다. 이백李白과 병칭하여 '이두李杜'라고 일컫는다. 뛰어난 문장력과 사회상을 반영한 두보의 시는 후세에 시로 표현된 역사라는 뜻으로 '시사詩史'라 불리기도 한다.

소년 시절부터 시를 잘 지었으나 과거에는 급제하지 못해 각지를 방랑하며 지냈고, 그 과정에서 이백·고적高適 등과 교유交遊하였다.

두보의 시는 사회 부정에 대한 격렬한 분노, 인간에 대한 한결같은 애정과 성의가 잘 나타나 있다. 근체시의 모범이 되는 율시律詩*와 당시의 시대적 아픔을 담은 1,500여 수의 시를 남겼다.

---

* 율시 : 한시漢詩의 한 문체文體이다. 팔구八句로 되어있으며, 그 한 구句가 다섯자씩으로 되어있는 것을 오언율시五言律詩, 일곱자 씩으로 되어 있는 것을 칠언율시七言律詩라고 한다.

5. 나부산인이 갈포를 보내다
羅浮山¹人與葛篇

🪷 이하李賀

가벼운 갈포 강가 가랑비처럼 투명하게 짜니
유월 빗속에 난대의 바람 불어오는 것 같네
나부산 신선이 어느새 동굴에서 나오니
천년의 베틀이 귀신도 울게 하네
뱀독 짙게 엉겨 동굴도 습하고
물고기도 먹이 찾지 않고 모래 머금고 섰네
상수 물결같이 부드러운 갈포를 재단하고 싶은
오 땅의 미인아! 가윗날 둔하다고 말하지 말라

依依²宜織江雨空, 雨中六月蘭臺風. 博羅老仙時出洞, 千歲石床³啼鬼工.
蛇毒濃凝洞堂濕, 江魚不食銜沙立. 欲剪湘中一尺天⁴, 吳娥莫道吳刀澁.

1 나부산: 광동성廣東省 경내에 있는 산이다.
2 의의: 가볍고 부드럽게 바람에 나부끼는 모양이다.
3 석상: 평상처럼 평평하고 미끄러운 바위인데, 여기서는 나부산인의 베틀을 말한다.
4 상중일척천: 갈포가 빛이 나도록 희어서 상수의 흰 물결처럼 부드럽고 빛이 나는
  것과 같다는 뜻이다.

가볍고 부드러운 갈포를 강수면 위로 내리는 가랑비처럼
가늘고 투명하게 짜서 이 갈포로 짠 옷을 입으면
유월 비속에 시원한 바람이 부는 것 같다.
나부산의 노인이 갈포를 신속하게 짜서
동굴에서 나와 필요한 사람에게 주니
천년동안 반들반들 갈고 닦은 듯한 바윗돌의 베틀은
귀신도 울게 한다.
무더운 날씨에 독사의 거친 숨은 습기로 맺혀 산속 동굴도 축축하고
강물 속의 물고기도 먹이 찾는 일을 멈추고 강물을 벗어나려는 듯
거꾸로 선채 모래를 머금고 섰다.
상수에 비친 맑은 하늘빛 같은 갈포를 재단하고 싶거든
오 땅 미녀는 가윗날이 둔하다고 말하지 말라.

◆ 감상

　풍부한 상상력으로 환상적 세계를 묘사하는 데 뛰어난 이하의 시 특징을 볼 수 있는 시다.

　1·2구의 강수면 위로 내리는 비처럼 가늘고 투명한 갈포라든지, 3·4구의 천년동안 갈고 닦은 석상石床과 귀신, 5·6구의 독사도 더위를 못 이기고 강 속의 물고기도 견디기 어려운 무더위에 대한 묘사는 기괴하다. 시인의 기묘한 상상력과 표현력이 돋보인다.

　이하는 나부산이 있는 광동성 박라현博羅縣을 가본 적이 없다고 하니, 전해오는 이야기를 근거로 해서 만들었을 가능성이 크다. 당시에는 기괴하다는 소리를 들었을지 모르지만 현대의 우리에겐 풍부한 상상력으로 시원한 쾌감을 안겨준다.

◆ 작자 소개

　이하李賀(약791－약817)는, 자字는 장길長吉이다. 하남河南 복창福昌 사람이며, 27세의 나이에 요절한 천재시인이다. '귀재鬼才' 또는 '시귀詩鬼'로 일컬어진다.

　이하는 굴원과 이백의 뒤를 이은 낭만주의 시인이다. 중당시풍에서 만당시풍으로 넘어가는 전환기의 대표시인으로, 불우한 처지, 마음의 고민을 개탄한 시가 많고, 이상과 포부의 추구, 번진藩鎭의 할거割據, 환관의 전횡, 백성의 고통 등을 노래했다.

　"먹구름 성을 덮으니 성 무너지려 하네", "수탉 소리에 천하는 밝네", "하늘이 정이 있다면 하늘 역시 늙네" 같은 명구를 남겼다.

이하

二

여름과 사랑·그리움

강남행

자야의 오나라 노래 – 여름노래

유주 성루에 올라 장주·정주·봉주·연주네 자사에게 부치다

여름날 남정에서 신대를 그리워하다

원망스런 당신

치천 산수를 감상하며

절구

형문산을 지나 고향 강산과 작별하다

연밥을 따네

파땅 소녀의 노래

6. 강남행
江南行

🌸 장조張潮

자고 잎 질 때 서쪽 물굽이에서 이별했는데
연꽃 피었는데 돌아오지 않네
나는 꿈속에서도 강가 물을 떠나지 못하는데
사람들 전하길 낭군은 봉황산에 도착했다 하네

茨菰葉爛別西灣, 蓮子花開不見還.
妾夢不離江上水, 人傳郎在鳳凰山.

작년 늦가을이나 초겨울 즈음 자고 잎 질 때
서쪽 물급이에서 이별했는데
여름이 되어 연꽃이 피었는데도 아직 낭군은 돌아오지 않네.
나는 꿈속에서도 물 흘러가는 강가를 떠나지 못하고 기다리는데
사람들은 낭군이
다른 여자와 사랑 놀음하는 봉황산에 이미 도착했다 전하네.

◆ 감상

　장조의 시는 연밥 따는 여성의 생활을 묘사한 〈채련사采蓮詞〉한 수를 제외하면 나머지는 모두 상인 아내의 감정을 묘사했다. 그 내용과 형식을 보면 남쪽 지방 민가民歌의 영향이 뚜렷하다.

　초겨울의 스산한 풍경은 이별의 정을 더하고, 여름의 연꽃 핀 풍경은 만남의 설렘을 더한다. 풍경과 감정이 절묘하게 짝을 이룬다. 그리움은 깊어져 꿈 속으로 들어간다. 그러고 나서는 갑자기 사람들이 전하는 말로 끝맺는다.

　꿈의 자세한 내용에 대해서도, 꿈에서 깨어난 뒤의 감정에 대해서도 아무런 언급이 없다. 하지만 이러한 종결이 갖는 효과는 자세한 설명으로 거둘 수 있는 것보다 더 크다. 시를 읽는 사람은 뭐라고 말할 수 없는 여운을 맛본다.

　길 떠난 상인은 오고 있는 것인가?
　상인 아내의 심정은 어떠할까?

　평범한 언어 속에 깊은 감정을 담아 민가가 가질 수 있는 매력을 극대화시켰다.

◆작자 소개

　장조張潮(생졸년 미상, 張朝로 쓰기도 한다)는 곡아曲阿(지금의 강소
성江蘇省 단양현丹陽縣) 사람이다. 당唐 숙종肅宗 연간에서 대종代宗
연간 사이에 주로 활동했다.《전당시全唐詩》에 시 다섯 수가 전한다.

7. 자야의 오나라 노래 – 여름노래
子夜吳歌·夏歌

이백 李白

거울 같이 맑은 호수 삼백리

봉오리에 연꽃 피었네

오월 서시가 연밥을 따면

사람들이 구경하느라 약야계는 좁았지

달 뜨기도 기다리지 않고 배를 돌려

월 왕궁으로 돌아갔네

鏡湖三百里, 菡萏發荷花.

五月西施采, 人看隘若耶.

回舟不待月, 歸去越王家.

거울처럼 맑고 잔잔한 호수는 삼백리에 걸쳐 펼쳐져 있고
호수에 떠 있는 연꽃 봉오리마다 연꽃이 피었네.
오월 한여름에 서시가 연밥을 따러 오면
사람들이 구경하러 몰려들어 그 넓은 약야계가 좁아졌지.
달 뜨기를 기다리지도 않고 배를 돌려
월 왕궁으로 돌아갔다네.

◆ 감상

〈자야의 사계절 노래[子夜四時歌]〉라는 제목으로도 불리는 이 시는 모두 4수로 봄 여름 가을 겨울 네 계절을 묘사했다. 육조六朝 시대 악부樂府《청상곡淸商曲 오성가곡吳聲歌曲》에 〈자야사시가子夜四時歌〉가 있는데 오성곡吳聲曲에 속하므로 〈자야오가子夜吳歌〉라고도 불렸다.

이 시의 체제는 4구로 되어 있으며 내용은 대부분 여성이 정인情人을 그리워하는 애원哀怨을 묘사했다.

멀리 전쟁터에 나간 사람을 그리워하는 감정을 묘사하고 있는 가을, 겨울 노래와 달리 여름 노래는 넓은 호수에 핀 연꽃에 서시를 등장시켜 다른 분위기를 만들어낸다. 넓은 약야계가 구경꾼들로 좁아졌다는 표현에서 '좁아졌다'는 표현이 재미있다. 그리고 시인은 서시에 대해 더 이상 언급하지 않고 시를 끝냄으로써 연상과 상상의 공간을 열어 우리를 아득한 과거 오와 월이 얽힌 역사 속으로 이끈다.

　이백李白(701－762)은, 자字는 태백太白, 호號는 청련거사靑蓮居士·적선인謫仙人이다. 낭만주의 시인으로 '시선詩仙'이라 불렸으며 두보杜甫와 함께 '이두李杜'로 병칭되었다. 《신당서新唐書》에 따르면, 이백은 흥성황제興聖皇帝 즉 양무소왕涼武昭王 이고李暠의 9세손으로서 당나라 종실이다. 성격이 밝고 대범했으며 술 마시고 시 짓기를 좋아했다.

　대표작으로는 〈여산폭포를 바라보며[望廬山瀑布]〉, 〈행로난行路難〉, 〈촉도난蜀道難〉, 〈장진주將進酒〉, 〈양보음梁甫吟〉, 〈일찍 백제성을 떠나며[早發白帝城]〉 등이 있다.

이백

8. 유주 성루에 올라 장주·정주·봉주·연주 네 자사에게 부치다

登柳州城樓寄漳汀封連四州刺史

🪷 유종원柳宗元

성 위 높은 누대는 하늘 끝까지 이어져 있고
바다와 하늘 같은 근심과 그리움 끊임없이 밀려오네
거센 바람은 물속에 핀 연꽃을 흔들고
폭우는 담쟁이 붙은 담장을 들이치네
고갯마루 숲들은 바라보는 눈을 가리고
굽이굽이 흐르는 강물은 근심을 돋우네
우리 함께 문신하는 남쪽지방에 왔는데
아직까지 소식도 못 전하고 머물러 있네

城上高樓接大荒, 海天愁思正茫茫.
驚風亂颭芙蓉水, 密雨斜侵薜荔牆.
嶺樹重遮千里目, 江流曲似九回腸.
共來百越文身地, 猶自音書滯一鄉.

유주 성 위 높은 누대에 오르니
시야가 아득한 들판 끝까지 펼쳐지고
우리의 근심과 그리움은 바다와 하늘처럼 끝이 없네.
거센 광풍이 일어 물 위의 연꽃을 사납게 흔들어 대고
폭우는 억수같이 퍼부어 담쟁이 붙은 흙 담장을 때리네.
고갯마루에 자리 잡은 숲은
우거져 시선이 멀리 이르지 못하게 막고
굽이쳐 흐르는 유강柳江은
근심에 꼬불꼬불 얽힌 내 마음과 같네.
우리 다섯 사람은 함께 좌천되어
문신하는 풍습이 있는 먼 남쪽 지방에 왔는데
아직도 소식 서로 전하지 못하고 각자 한 지방에 머물러 있네.

◆ 감상

유종원은 한태韓泰, 한엽韓曄, 진겸陳謙, 유우석劉禹錫과 함께 왕숙문王叔文이 주도한 영정永貞 혁신에 참여했다가 귀양 보내졌다. 다섯 사람은 소환되어 돌아왔다가 다시 변방 지역의 주자사州刺史로 좌천되었다. 〈유주 성루에 올라 장주·정주·봉주·연주 네 자사에게 부치다〉는 이 때 쓴 시다.

먼저 유주와 네 사람이 머물고 있는 변방 지역을 묘사했다. 다음으로 유주의 여름 풍경을 묘사하여 유주의 기후를 알리고, 그리고나서 멀리 바라다 보이는 풍경과 그리워하는 마음을 융합하여 표현했다. 마지막으로 다섯 사람의 처지와 소식이 통하지 않는 상황을 묘사했다.

서정시로서 경물에 대한 객관적인 묘사 가운데 감정을 주입하여 감동을 더하고 있다.

◆ 작자 소개

　유종원柳宗元(773-819)은 자字는 자후子厚, 하동河東(지금의 산서山西 운성運城) 사람이다. 걸출한 시인, 철학자, 유학자이자 뛰어난 정치가로서 당송팔대가唐宋八大家 가운데 한 사람이다. 대표작품으로 〈영주팔기永州八記〉를 비롯하여 600여 편의 시가 남아 있다.

　하동 출신이어서 '유하동柳河東'이라고도 하고, 유주자사로 있었기 때문에 '유유주柳柳州'라고도 불린다. 한유韓愈와 함께 중당 고문운동을 이끌어서 '한유韓柳'로 병칭되기도 한다.

유종원

9. 여름날 남정에서 신대를 그리워하다

夏日南亭懷辛大

맹호연孟浩然

산 빛 갑자기 서쪽으로 지더니
못 속의 달 점차 동쪽에서 솟아오르네
머리 풀어헤치고 저녁 바람 쐬고
창문 열어 그윽하고 넓은 곳에 눕네
바람은 연꽃 향기 보내오고
이슬은 대나무에서 맑은 소리 내며 떨어지네
명금을 타고 싶으나
감상해줄 벗이 없어 한스럽네
이에 벗이 더욱 생각나
한밤중 꿈속에서도 그리워하네

山光忽西落, 池月漸東上.
散髮乘夕涼, 開軒臥閑敞.
荷風送香氣, 竹露滴淸響.
欲取鳴琴彈, 恨無知音賞.
感此懷故人, 中宵勞夢想.

석양은 서쪽으로 천천히 지고
연못가의 달은 점점 동쪽에서 떠오른다.
나는 머리를 풀어헤치고
저녁바람을 쐬며 창문을 열고 한가하게 누웠다.
산들바람이 불자 연꽃향기에 취하고
대나무 잎사귀에 맺힌 이슬방을 연못의 수면위로 떨어지니
그 소리 맑고 경쾌하다.
명금을 가져와 한 곡 연주하고 싶어도
음을 알아줄 이가 없어 아쉽기만 하다.

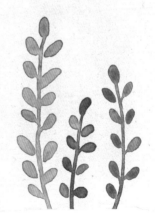

◆ 감상

　남정南亭은 맹호연의 고향인 양양襄陽(지금의 호북성 양양) 교외
현산峴山 부근에 있다고 전한다. 신대辛大는 맹호연의 고향친구로,
여름이면 늘 이곳 남정에 와서 같이 바람을 쐬며 금을 타고 같이 술
을 마시며 시간을 보냈을 것이다.

　이 시의 내용은 연못가 정자에서 저녁에 바람을 쐬면서 느끼는 시
원하고 한적한 감정(1−6구)과 벗에 대한 그리움(7−10구) 두 가지로
나뉜다. 1·2구에서는 석양이 지는 것과 달이 떠오르는 것에 대한 심
리적 쾌감을 말했다. 3·4구에서는 심신 두 방면의 쾌감을 말했다.
5·6구는 후각과 청각을 통해 쾌감을 이어간다. 7·8구는 맑은 이슬
소리로 인해 음악이 생각나고 또 이 음악으로 인해 벗이 생각난다.
9·10구는 벗에 대한 그리움이 꿈속으로 이어지며 깊은 여운을 전하
고 있다.

　이 시를 읽으면 장자莊子의 천뢰天籟(자연의 소리)가 생각난다.
《장자》〈제물론齊物論〉에 '하늘의 소리'는 자신을 버린 사람만 느낄
수 있는 소요유逍遙遊의 경지다. 자신의 모든 주관적 판단을 내려놓
았을 때라야 감각적으로 식별하기 힘든 연꽃 향기와 대나무에 맺힌
이슬이 떨어지는 소리를 들을 수 있다.

　맹호연孟浩然(689-740)은, 이름은 호浩, 호연은 자字이며, 양주襄州 양양襄陽(지금의 호북성 양양) 사람이다. 산수전원파山水田園派 시인으로 유명하다.

　어려서 세상을 다스리는 데 뜻을 두어 학문에 전념하다가, 40세에 장안長安으로 가서 과거에 응시하지만 낙방하여 고향으로 돌아와 은둔생활을 하였다. 개원開元 25년(737)에 재상 장구령張九齡의 부탁으로 잠시 그의 밑에서 일한 것 이외에는 관직에 오르지 못하고 불우한 일생을 지냈다.

　맹호연의 시는 대부분 5언시로 되어 있다. 그는 산수전원과 은거의 흥취 및 오랜 기간 타향을 떠돌며 느낀 감회를 표현한 시를 많이 썼다. 특히 그의 시는 독특한 예술적 경지에 이르러 왕유와 함께 '왕맹王孟'이라 불린다. 《맹호연집》 3권이 전한다.

맹호연

10. 원망스런 당신
怨詩

🪷 맹교孟郊

나와 그대 눈물을
집 연못에 따로따로 흘려봅시다
그리고 연꽃을 살펴봐요
올해 연꽃이 누구 때문에 시드는지

試妾與君淚, 兩處滴池水. 看取芙蓉花, 今年爲誰死.

당신을 그리워하는 내 마음을 알기나 하나요?
당신 때문에 흘린 눈물엔 힘든 내 마음이 스며있겠지요.
나를 그리워한다지만 당신은 눈물을 흘리기나 했나요?
불공평하군요!
올해에는 각자 집에 있는 연못에 눈물을 흘려봅시다.
누구의 눈물이 연꽃을 시들게 하는지

◆ 감상

  그리워하는 마음은 눈으로 볼 수도 없고 만질 수도 없다. 서로의 마음을 측정하기란 매우 어려운 일이다. 그러나 시 속에 화자로 등장하는 여성은 방법을 생각해 냈다. 이 여성은 매우 진지하게, 두 사람의 눈물을 각자 연꽃이 핀 연못 속에 떨어뜨리고서, 아름다운 연꽃이 누구의 눈물 때문에 시드는지 살펴보자고 제안한다. 그녀는, 누가 흘린 눈물이 더 많고, 누구의 눈물이 더 간절한지, 연꽃이 누구 눈물 때문에 시들어 죽을지 분명히 알기에 이런 제안을 했을 것이다.

  시들어 죽은 연꽃을 증거로 서로를 그리워하는 마음의 깊이를 분명히 측정할 수 있다고 생각했다. 얼마나 천진스럽고 사랑스런 표현인가? 연못 속으로 떨어진 눈물에 연꽃이 시들어 죽을 정도로 상대를 그리워하는 마음이 진실하고 간절하다.

  맹교는 정서가 담겨 있는 직접적인 표현을 쓰지 않고 '경어景語(경물景物을 묘사하는 말)'를 빌어 시를 지었지만, 모든 경어는 '정어情語(정서情緖를 묘사하는 말)'다. 이렇게 지은 시는 더욱 오랫동안 음미할 수 있다. 이 시의 예술적 경지는 매우 독특할 뿐 아니라 성공적이라 할 만하다.

◆ 작자 소개

맹교孟郊(751-814)는, 자는 동야東夜이다. 호주湖州 무강武康 (지금의 절강성 덕청현德淸縣) 사람이다.

맹교는 과거에 두 차례 낙방한 끝에 46세에 진사進士가 되어 율양현溧陽縣 현위縣尉로 관직에 나갔다. 그러나 관직이 자신의 포부와 맞지 않아 자주 공무를 폐하고 방황하며 시를 지었다. 시 창작에 빠지면 공무를 잊기도 했거니와 자신을 학대하기까지 하였다. 맹교의 시는 세태世態의 냉정한 변화, 민간의 고통 등에 관한 내용이 많고 어두운 분위기를 띠었다.

원호문元好問이 맹교의 시를 논하면서 "맹교의 궁핍과 시름은 죽어서도 쉬지 못하니, 이 높고 넓은 천지에서 시에 갇혔구나."라고 평하였기 때문에 후대 사람들은 맹교를 '시수詩囚'라 불렀다.

만년에는 낙양 부근 숭산嵩山에 은거하며 살았다. 정여경鄭餘慶의 추천으로 흥원부興元府 참군參軍에 제수되었으나 부인과 함께 임지로 가는 길에 갑자기 발병하여 사망하였다.

11. 치천 산수를 감상하며
題稚川山水

🪷 대숙륜戴叔倫

소나무 그늘 아래 띠풀 정자는 한 여름에도 시원하고
강가 백사장 안개 서린 숲은 석양 아래 푸르네
길 떠난 나그네, 고향 생각 끝이 없으니
만리타향 강산도 내 고향 같아라

松下茅亭五月涼, 汀沙雲樹晚蒼蒼.
行人無限秋風思, 隔水靑山似故鄕.

지방관에 제수되어 한 여름 무더위에 길을 나섰는데
석양빛 하늘 물들일 즈음 치천에 도착했네.
소나무 그늘아래 띠풀로 엮은 정자에 앉아 잠시 피로를 달래는데
멀리 강가 백사장 푸른 숲이 저녁 안개에 씻겨 더욱 푸르게 보이네.
부임지만 생각하며 쉼 없이 걸어온 피로한 여정 중에
산수 바라보며 잠시 쉬노라니 문득 고향 생각나네.
내 고향 산수도 이 곳 치천 산수보다 못하지 않았지
산수로만 보자면 만리타향 이곳도 내 고향과 다를 바 없네.

◆ 감상

이 시는 강남의 산수 풍경을 그린 시로서 전형적인 여행시다. 시인은 지방관에 부임하면서 여정 중에 만난 풍경을 시로 썼다. 저녁녘에 치천稚川에 도착해 소나무 그늘 아래 띠풀 정자에서 잠시 휴식하자니 고향 생각이 절로 떠오른다.

먼 여정으로 피로한 시인에게 쉬어갈 곳이 얼마나 절실했겠는가? 시인은 저녁녘이 되어서야 저 멀리 소나무 아래 작은 정자를 찾았다. 풍경 따위를 생각할 겨를이 없었다. 단지 무더운 날씨에 흐르는 땀을 식히고 아픈 다리를 쉬게 해 줄 생각 뿐이었다. 그러나 다시 고개를 들어 먼 곳을 응시하자 강가 모래톱 백사장에 구름 깃든 푸른 숲이 석양빛 아래에서 더욱 아름다운 빛을 띠고 있다.

1·2구의 정경묘사를 따라 시를 읽다보면 마치 한 폭의 '송정만조도松亭晚眺圖(소나무 아래 정자에서 석양을 감상하는 모습을 그린 그림)'를 감상하는 듯한 착각이 든다.

3·4구는 정자에서 강가 풍경을 바라보다가 자신도 모르게 일어난 고향에 대한 감정을 노래한 구절이지만 실제로는 아름다운 치천 산수를 감탄하는 구절이다. "길 떠난 나그네 고향생각 끝이 없다.[行人無限秋風思]"는 구절은 치천 산수가 시인에게 준 형용할 수 없는 감정의 표현이다. 타향을 전전하는 나그네에게 고향이 얼마나 그리운 곳이겠는가?

이 시는 길 떠난 나그네가 느끼는 보편적인 감정에 집중하기 보다는 고향을 그리는 감정이 일어나는 과정을 따라 감상해야 한다. 이 시의 묘미가 바로 여기에 있다.

　대숙륜戴叔倫(732-789)은, 자는 유공幼公이며, 윤주潤州 금단金壇(지금의 강소성 금단현) 사람이다. 사회 모순을 고발하거나 백성의 고통스런 삶을 이야기한 악부시樂府詩*를 잘 썼다. 〈여경전행女耕田行〉·〈둔전사屯田詞〉 등이 유명하다.

　아름답고 참신한 경물시도 남겼는데, 경물시에 대해 "시인의 정경은 마치 밭에 볕이 들고, 미옥美玉에서 안개가 피어오르듯이 멀리서는 바라볼 수는 있지만 눈앞에서는 알아 챌 수 없는 것과 같다.[詩家之景, 如蘭田日暖, 良玉生煙, 可望而不可置於眉睫之前也]"라고 말하였다.《대숙륜집체戴叔倫集體》가 있다.

* 악부시: 한시漢詩의 한 형식이다. 한대漢代에 악부관서樂府官署에서 시를 채집했으므로 이렇게 불렀다.

〈태백산도권太白山圖卷〉, 원元 왕몽王蒙

12. 절구
絶句[1]

🪷 두보杜甫

강이 푸르니 물새 더욱 희게 보이고
산이 푸르니 꽃은 불타는 것 같네
이 봄 또 이렇게 지나가는데
고향에 돌아갈 날 언제일까

江碧鳥逾白, 山靑花欲然. 今春看又過, 何日是歸年.

1 절구: 2수 가운데 두번째 수이다.

물이 불어 강물 푸른빛이 더욱 깊어지자
모래톱 노니는 물새 더욱 희게 보이고,
녹음 우거져 산 빛 짙어지자 초여름 각양각색 꽃이 불타는 듯하네.
세월이 흘러 올해 봄도 이렇게 지나가는데
언제쯤 그리운 고향에 돌아갈 수 있을까?

◆ 감상

이 시는 두보가 전란을 피해 촉蜀 지역으로 옮겨간 이후에 지은 시이다. 759년 12월, 두보는 이미 관직을 버린 몸으로 사천四川 성도成都로 옮겨갔다. 산천은 험준하고 먹을 것은 떨어진데다 처자를 이끌고 가야 했기에 실로 악전고투였다. 성도에서 친분 있는 벗의 도움으로 교외 완화계浣花溪 부근에 초당을 마련하고 평온한 나날을 보냈다.

이때 나라의 운명과 백성의 고난을 걱정하고, 멀리 떠돌아다니는 아우를 그리워하는 절절한 시도 썼고, 자연을 읊은 절구絶句 등도 창작했다. 한편으로 두보의 유유자적한 심경을 느낄 수 있지만, 불안한 생활 속에서 고향을 그리워하는 두보의 심정이 잘 녹아있다. 두보는 이곳에서 2년 머무르다 다시 떠돌이 생활을 계속하게 된다.

제1·2구에서 강, 산, 꽃, 새 등 네 경관을 묘사하면서 벽碧, 청靑, 백白, 홍紅 등 색채를 대비 시켜 매우 산뜻한 느낌을 준다. 그러나 두보의 마음은 경물에 있지 않다. 자연의 변화 속에서 세월이 흐르는 것을 안타깝게 여기며, 전란이 끝나 어서 고향에 돌아가기만을 손꼽아 기다린다.

〈사계산수도四季山水圖 — 하경夏景〉, 전傳 남송南宋 마원馬遠

13. 형문산을 지나 고향 강산과 작별하다
渡荊門送別

이백 李白

머나먼 형문을 지나
초국을 유람하러 왔네
산줄기는 넓은 들판을 따라가다 사라지고
강줄기는 큰 대지로 흘러들어가네
달빛 물결에 비치니 하늘거울이 날아온 듯하고
안개 피어오르더니 강물 위에 누각을 세웠네
그리우리라 내 고향 강물이여
만리를 따라와 내 배를 전송해 주네

渡遠荊門外, 來從楚國遊. 山隨平野盡, 江入大荒流.
月下飛天鏡, 雲生結海樓. 仍憐故鄉水, 萬里送行舟.

고향을 떠나 멀리 형문荊門 밖으로 건너와
몇백년 전 흥성했던 초나라 땅을 유람하네.
달밤에 강가 언덕에 올라 멀리 바라보니
첩첩이 이어지던 높은 산은
평야를 따라 경주하듯 이어지다 지면과 만나고,
험준한 산 사이로 흐르던 강은
드넓은 평원으로 유유히 흘러드네.
달빛 강물에 비치니 수면이 마치 하늘에서 날아온 거울 같고
안개 피어오르니 신기루 맺힌 듯 수면 위에 누각이 세워졌네.
내 배와 함께 온 고향의 강물이여,
만리 길 따라와서 내가 탄 배를 전송해주네.

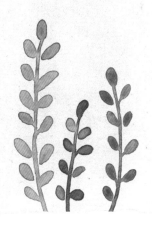

◆ 감상

이 시는 의경意境*이 고원高遠하고, 풍격이 웅건雄健하고, 이미지가 장대壯大하고, 구상이 수려하여 젊은 시절 이백의 빼어난 개성과 그리운 고향에 대한 짙은 감정을 읽을 수 있다.

이백은 724년(개원開元 12)에 여행에 나선다. 청계青溪에서 출발하여 삼협三峽, 유주渝州, 형문荊門을 지나 남쪽으로 창오蒼梧를 구경하고 동쪽으로 바다를 건넜다.

이 시는 이백이 촉蜀 땅을 나와 배를 타고 파유巴渝를 거치고 삼협을 나와 형문에 도착했을 때 지은 시다. 당시 여행의 목적은 호북湖北, 호남湖南 일대 초나라 옛 땅을 유람하는 것이다. 그러므로 "머나먼 형문을 지나 옛 초국에 유람하러 왔네."라고 한 것이다.

이때 새로운 세상에 대한 호기심으로 이 젊은 시인의 마음은 매우 들떴을 것이다. 장강을 따라 내려가는 배에 앉아 양쪽으로 펼쳐진 무산巫山 산줄기를 구경하는데, 눈 앞 경관이 조금씩 바뀐다. 배가 형문 일대를 지나자 산줄기는 잦아들고 이제 광활한 평원이 펼쳐진다. 고향에서부터 익숙했던 고산준령이 잦아들고, 눈앞에 넓은 평원이 펼쳐지자 세상을 향해 나서는 시인의 마음은 더 없이 흥분되었을 것이다.

"산 줄기는 넓은 들판을 따라가다 사라지고, 강줄기는 큰 대지로 흘러들어가네."라는 구절은 삼협을 나와 형문산을 지나면서 만나는 풍경을 묘사한 것이다. 형문 산세와 강줄기 모습을 묘사한 후 도도히 흐르는 장강의 모습을 시선을 바꾸어 묘사하였다. 달빛 물결에 비쳐 수면이 마치 거울 같고, 뭉개뭉개 피어오르는 안개가 마치 누각 같은 경치는 이백이 살던 촉 땅에서는 매우 보기 드문 신선한 광경이다. 처음 삼협을 빠져나와 본 생경한 풍경에 이백이 얼마나 매료되었을까?

이백이 형문 일대 풍경을 감상하다 고향으로부터 유유히 흘러온 장강長江을 대하자 문득 그리운 고향 생각이 떠오른다. 강물이 흘러온 촉 땅은 지금까지 자신이 자란 고향이다. 태어나 처음 이별하게 되었으니 그리운 감정을 어떻게 억누르겠는가? 시인은 감정을 누르지 못한 채 자신도 모르게 이렇게 작별을 고하였다.

"그리우리라 내 고향 강물이여, 만리를 따라와 내 배를 전송해 주네."

고향에 대한 고마움과 그리움이 뒤섞여 제목 '송별送別'의 대상을 더욱 뚜렷하게 보여준다.

---

* 의경: 자연경관과 작가의 주관적인 감정이 결합되어 형성된 작품 속의 이미지를 말한다.

14. 연밥을 따네
采蓮曲¹二首 · 其二

🪷 왕창령王昌齡

연잎과 명주 치마 한 색으로 푸르고
연꽃은 얼굴을 향해 양쪽에서 피었네
연못으로 섞여 들어가 자취를 찾을 수 없더니
노래 소리에 비로소 사람이 있다는 걸 알겠네

荷葉羅裙一色裁, 芙蓉向臉兩邊開.
亂入池中看不見, 聞歌始覺有人來.

1 채련곡: 두 수 가운데 두번째 수이다.

한여름에 빽빽하게 자리 잡은 연잎과
연밥 따는 소녀의 명주 치마는 같은 녹색이고,
붉은 연꽃과 발그레한 소녀의 뺨은
서로를 비추듯 빛깔이 어울린다.
소녀가 연밥을 따러 연꽃들 사이로 들어가니
녹색 잎과 붉은 꽃들 사이에서 하나가 되어 자취를 찾을 수 없고,
다만 소녀의 흥얼거리는 노래 소리만이
사람이 있다는 것을 알려 준다.

◆ 감상

〈채련곡采蓮曲〉은 악부樂府의 제재題材로서 〈강남농江南弄〉 7
곡 가운데 하나였다. 강남 일대 수향의 풍광, 연밥 따는 여성의 노동
을 중심으로 한 생활, 그리고 그녀들의 순결한 애정에 대한 추구 등
을 묘사한 것이 대부분이다.

이 시는 연밥 따는 소녀의 아름다움과 대자연을 융합해서 표현의
생동감을 더하고 있다. 그리고 보이지 않는 존재를 느낄 수 있도록
해주는 노랫 소리는 독자를 아득한 곳으로 이끌어 주는 한편 그 자
리에 맴돌게도 한다.

중국 예술이 궁극적으로 추구하는 '의경意境'이라는 개념을 시 이
론에 처음 끌어들인 이론가답게 노랫소리가 매우 아름다워 귓전에
계속 여운이 남는 것을 비유한 고사성어인 '요량삼일繞梁三日'의 운
치를 잘 살리고 있다.

백거이의 〈채련곡〉은 순결한 애정에 대한 추구를 묘사한 가장 대
표적인 시이다. 함께 감상해 보자.

채련곡采蓮曲

백거이白居易

마름풀잎 주위로 물결 일렁이고 연꽃 위로 바람 살랑이는데
연꽃 무성한 곳에 작은 배 지나네.
짝사랑 그분 마주치자 말하려다말고 고개 숙여 미소 짓는데
벽옥 비녀 물속으로 떨어지네.

菱葉縈波荷颺風, 荷花深處小船通. 逢郞欲語低頭笑, 碧玉搔頭落水中.

왕창령王昌齡(698-756)은, 자字는 소백小伯이고, 하동河東 진양晉陽(지금의 산서山西 태원太原) 사람이다. 성당盛唐 시기의 저명한 변새邊塞 시인*이다. 개원開元 말에 강녕승江寧丞이 되었다가 용표龍標로 좌천되어 '왕강녕', '왕용표'로 불리기도 한다. 안사의 난 때 자사刺史 여구효閭丘曉에게 피살되었다.

칠언절구가 훌륭한데, 특히 급제 이전(30세 이전) 서북 변방 지역에서 지은 변새시가 가장 뛰어났다.

* 변새시인: 당나라 개원開元과 천보天寶 연간에 형성된 변새시파邊塞詩派의 시인이라는 말이다. 변방 생활을 제재題材로 한 작품을 썼다.

15. 파 땅 소녀의 노래
巴女謠

🪷 우곡 于鵠

파 땅 소녀 소 등에 앉아 죽지사를 부르는데
연꽃과 마름 잎 강을 따라 피었네
해 저물어 집 찾지 못할까 걱정하지 않는 것은
파초가 무궁화 울 밖으로 나온 곳인 줄 알기 때문이네

巴女騎牛唱竹枝, 藕絲菱葉傍江時.
不愁日暮還家錯, 記得芭蕉出槿籬.

파 땅 소녀가 소 등에 앉아 죽지사를 부르며
연꽃과 마름 잎 핀 강가를 따라 느릿느릿 집으로 돌아간다.
날 저물어 집을 찾지 못해도 하나도 걱정 안 되는 것은
무궁화 울타리 위로 파초가 높이 자라는 곳이
바로 자신의 집이기 때문이네.

◆ 감상

　〈죽지사〉는 파유 지방에 유행하던 민가民歌로 순수한 애정을 그 내용으로 한다. 하얀 연꽃과 마름 잎이 이런 시적 분위기를 암시한다고 할 수 있다.

　원매袁枚의 《수원시화隨園詩話》에서는 이 시를 다음과 같이 평한다. "송대의 〈어부사〉에 '달 아래 돌아오니 고깃배 어두운데, 어부의 처가 그물을 엮는 등을 알아보네.'라고 하였고, 우곡의 〈파 땅 소녀의 노래〉에서 '저녁 무렵 집을 찾지 못할까 걱정하지 않으니 파초가 무궁화 울타리 위로 자라는 곳인 줄 알기 때문이네.'라고 하여 두 시어는 비슷하다. 내가 서호 방생암에 기거할 때 야심한 시간에 단교에서 홀로 걷는데 길을 잃을까 늘 걱정했다. 암자의 등불을 보고 돌아간 적이 있는데, 그제서야 두 시의 묘함을 깨달았다."

◆ 작자 소개

　우곡于鵠(?-약814)은 이력이나 자호는 미상이다. 당唐 대종代宗 대력연간大曆年間과 덕종연간德宗年間에 장안에 거처했으며 과거에 낙방한 후에 한양漢陽에 은거했다고 전해진다.

　시어는 소박하면서도 생동감 넘치고 청신하며, 제재는 은일隱逸 생활을 묘사하거나 불교와 도가의 이치를 선양한 것이 많다. 대표작으로 〈파녀요巴女謠〉와 〈강남곡江南曲〉이 있다.

〈하경산수도夏景山水圖〉, 조선朝鮮 허백련許百鍊

三 여름과 비애

긴 노래 짧은 노래를 이어 부르다

여름밤의 노래

낭중 사흠과 황학루에서 피리소리 듣다

여름날 노장군의 숲속 정자에 제하다

못에 핀 연꽃

변방의 노래

16. 긴 노래 짧은 노래를 이어 부르다
長歌續短歌

이하李賀

긴 노래에 옷깃 닳아 없어지고
짧은 노래에 백발도 듬성듬성해졌네
진왕을 볼 수 없어
아침저녁으로 마음의 열을 이루네
목말라 호로병의 술 마시고
배고파 밭두렁의 조를 뽑아먹네
처량한 사월은 다하고
천리는 일시에 푸르네
어둠속 산봉우리 끝없이 이어지는데
밝은 달빛 골짜기 사이로 떨어지네
배회하며 석벽을 따라 가니
고봉 밖으로 달빛 비추네
함께 놀 수 없어
노래 부르나 머리카락 먼저 희끗희끗해졌네

長歌破衣襟, 短歌斷白髮. 秦王不可見, 旦夕成內熱.
渴飮壺中酒, 饑拔隴頭粟. 凄凉四月闌, 千里一時綠.
夜峰何離離, 明月落石底. 徘徊沿石尋, 照出高峰外.
不得與之遊, 歌成鬢先改.

긴 노래에 맞춰 곡을 해야 하니 눈물이 옷깃을 적셔 닳아 없어지고
짧은 노래에 근심을 이기지 못하고 머리 긁적이니 백발이 듬성듬성해졌네.
진왕을 뵙고자 하는 희망을 이룰 수 없어
아침저녁 언제나 마음에 열불이 이네.
열불이 일어 갈증이 나니 술을 마셔 가라앉히고
진왕을 만날 생각에 굶주림 참아가며
밭두렁의 조를 뽑아 먹으며 허기를 달래네.
녹음은 짙어가고 붉은 꽃 지는 처량한 초여름은 지나고
어느덧 천 리에 걸친 풍경은 삽시간에 녹음으로 우거졌네.
어두운 밤 높은 산봉우리는 어찌 이리도 길게 이어져
밝은 달빛을 가려서 자취도 찾아볼 수 없게 하는가?
구불구불한 돌길을 따라 사방을 찾아 헤매는데
홀연 높은 산봉우리 너머에서 비추고 있네.
높은 산봉우리로 가로 막혔고 또 너무 높은 곳에 있어
닿을 수 없어서 비분에 찬 노래 부르나
알지도 못하는 사이에 귀밑머리 희끗희끗해졌네.

◆ 감상

  구상과 표현 방법이 모두 굴원屈原의 〈이소離騷〉와 흡사하다. '밝
은 달'로 비유된 헌종憲宗과 달을 가리는 '높은 산봉우리'로 비유된
여러 대신에 기탁된 의미가 심원하다. 두목杜牧은 〈이장길가시서
李長吉歌詩敍〉에서 다음과 같이 이하의 시를 평했다.

  "《이소》의 후예로서 이치는 미치지 못하지만 시어는 더 낫다.
《이소》의 원망과 풍자는 군신의 이치가 어지러워진 것을 언급했
는데 사람의 마음을 격동시킨다. 이하에게 이와 같은 마음이 없을
수 있었을까?"

  시인은 자신의 의지와 감정을 생동감 있는 비유와 심오한 의경 속
에 융화시켜 작품이 함축적이고 여운을 남기게 한다. 짙푸른 녹음이
기승을 부리는 더위와 결합되어 비애와 우울함으로 가득찬 시인의
마음을 잘 드러내준다.

〈산수도 山水圖〉, 조선朝鮮 정선鄭敾

17. 여름밤의 노래
夏夜歎

🪷 두보杜甫

길고 긴 한낮 해 질 줄 모르고

찌는 듯한 더위 내 마음까지 태우네.

어떻게 만리 부는 바람을 얻어

내 옷 시원하게 펄럭이게 할까

아득한 하늘에 밝은 달이 뜨고

우거진 숲 속으로 희미한 달빛 비치네

한여름 밤 짧기도 하여

창을 열어 바깥 바람 들이네

밝은 달빛 한 가닥 비추니

밤벌레들 날개 펴고 날아다니네

세상 만물은 크건 작건

편안하려고 하는 것이 본 모습이라네

생각건대, 긴 창을 맨 병사들

한해 다가도록 변경을 지킨다네

어찌하면 한번 더위를 식힐 수 있을까

무더위에 괴로워하면서도 서로 바라보기만 한다네

밤 새워 순라 돌며 조두 두드리니

시끄러운 소리 사방으로 퍼지네

청색 자색 관복을 몸에 걸치더라도
일찌감치 집으로 돌아감만 못하리
성 북쪽에 구슬픈 호가 소리 들리니
두루미는 소리치며 날개 펴고 빙빙 도네
게다가 또 더위에 지쳤으니
간절히 태평 시절 바라네

永日不可暮, 炎蒸毒我腸. 安得萬里風, 飄颻吹我裳.
昊天出華月, 茂林延疏光. 仲夏苦夜短, 開軒納微涼.
虛明見纖毫, 羽蟲亦飛揚. 物情無巨細, 自適固其常.
念彼荷戈士, 窮年守邊疆. 何由一洗濯, 執熱互相望.
竟夕擊刁斗[1], 喧聲連萬方. 青紫雖被體, 不如早還鄉.
北城悲笳[2]發, 鸛鶴號且翔. 況復煩促倦, 激烈思時康.

1 조두: 옛날 군대에서 낮에는 취사할 때 사용하고 밤에는 야경夜警을 위해 치던 징
　과 비슷한 물건이다.
2 가: 중국 북방민족의 악기로 피리[笛]와 비슷하다. 한나라 때 중국으로 들어왔기
　때문에 일반적으로 호가胡笳라 불렸다.

길고 긴 여름 한낮도 다하고 해가 저무는데도

찌는 듯한 열기는 식을 줄 모른다.

어찌하면 만리 밖에서 부는 바람으로 더위를 씻을 수 있을까?

곧 날은 어두워져 밝은 달이 떠오르고 성긴 달빛은 숲을 비춘다.

한여름 밤은 짧아 창문을 활짝 열어 더운 기운을 식힌다.

달빛이 밝아 작은 생물도 볼 수 있으니

반딧불 같은 곤충이 날아다니는 것도 보인다.

무릇 생명을 가진 모든 물건은

크고 작건 자신의 편안함을 찾는 것이 인지상정이다.

수자리 서는 병사들을 생각하니 일 년 내내 집으로

돌아가지 못하고 변경을 지킨다.

어떻게 하면 저들에게 더위를 식힐 수 있을까?

찌는 더위에 어찌하지 못하고 서로 바라보고만 있다.

밤새워 조두를 치며 경계를 알리느라

쨍쨍 소리 내며 사방을 울린다.

청색 자색 관복 걸쳤지만

되도록 빨리 고향으로 가는 것만 못하다.

화주성 북쪽 어디선가 처량한 호가소리 들리니

두루미도 울며 사방으로 날아다닌다.

난세에 더위와 피곤함까지 겹치니

태평성대를 바라지 않을 수 없네.

◆ 감상

　찌는 듯한 여름을 잘 표현한 시다. 더위에 대한 자신의 느낌을 수 자리 서는 병사에게 확장시켜 간다. 추기급인推己及人*의 시로 두 보의 본색이라고 할 수 있다. 현대의 신유학자 마일부馬一浮는 이 시에 대해 다음과 같이 평했다.

　"두시〈여름 밤의 노래〉의 뛰어난 점은 '밝은 달빛 한 가닥 비추 니 밤벌레들 날개 펴고 날아다니네. 세상 만물은 크건 작건 편안 하려고 하는 것이 본 모습이라네.' 네 구절에 있다. 사물을 아주 상 세하게 묘사했다. 아래 부분은 긴 창을 둘러멘 병사들의 노고를 흥기시켰으니 측은히 여기는 마음이다. 자세하게 읽어보면 곱고 낭랑한 음조를 느낄 수 있다. 이것이 당시와 송시의 차이점이다."

＊추기급인: 자기를 미루어 남에게 미친다는 뜻으로, 유학에서 충忠과 더불어 가장 중요한 개념인 서恕를 설명한 말이다.

18. 낭중 사흠과 황학루에서 피리소리 듣다
與史郎中欽聽黃鶴樓上吹笛

이백 李白

뜻밖에 폄적되어 장사로 가다가
서쪽으로 장안을 봐도 집이 보이지 않네
황학루에서 누군가 피리 부니
강마을 오월에 〈매화락〉 들리네.

一爲遷客去長沙, 西望長安不見家.
黃鶴樓中吹玉笛, 江城五月落梅花.

한치 앞을 알 수 없는 것이 세상일,
한나라 초 충신 가의賈誼처럼 폄적되어
멀리 장사로 갈지 생각이나 했겠는가?
서쪽으로 장안을 보니 안개구름 흐릿하네
어디가 장안의 내 집일까?
황학루에 이따금 〈매화락〉 피리소리 들리는데
원망하는 듯 하소연하는 듯하다.
마치 한여름 5월 강촌에
온통 매화 떨어지는 것 같아 더욱 처량하다.

◆ 감상

 이 시는 이백이 건원建元 원년(758) 58세에 영왕永王 이린李璘의
사건에 연루되어 야랑夜郎으로 폄적되어 가던 중에 지었다는 설과
건원 2년(759)에 야랑에서 은사恩赦를 입어 돌아가던 중에 지었다
는 설이 있다. 이백이 오랜 친구인 낭중郎中 사흠史欽과 함께 강하
의 명승지 황학루에 올라 먼 곳을 바라볼 때 어디선가 피리 소리가
들려와 아득한 상념에 젖어 이 시를 썼을 것이다.
 음력 5월이면 한여름이라 매화가 있을 리가 없지만 차가우면서도
쓸쓸한 낙화의 기운을 느끼는 것은 시인의 상상력이다. 청나라의 학
자 겸 문인 심덕잠沈德潛은 이 시를 다음과 같이 평했다.

 "7언 절구는, 말은 비근하지만 감정은 요원하며 머금고 드러내
 지 않는 것을 중시하여 단지 눈앞의 경치와 일상의 말이지만 여운
 이 있어 정신을 요원하게 한다. 이백의 시에 이것이 있다."(《당시
 별재唐詩別裁》권20)

〈황학루도黃鶴樓圖〉, 원元 하영夏永

19. 여름날 노장군의 숲속 정자에 제하다
夏日題老將林亭

🪷 장빈張蠙

전장을 누비고 공을 세웠지만 오히려 고요한 거처가 좋으니

후작 저택 으리으리해도 정작 신선 사는 집 같네

담장은 가는 비에 잔풀이 잎을 드리웠고

수면 위엔 바람 불어 꽃잎 떨어졌네

우물에 두레박을 놓아 한가히 술이나 시원하게 식히고

조롱 여니 앵무새 날아와 찻물 끓는다고 알려주네

능연각에 초상화 걸린 인걸 가운데 몇명이라도

사막에서 황사 맞으며 싸우지 않은 자 있었던가

百戰功成翻愛靜, 侯門漸欲似仙家.

牆頭雨細垂纖草, 水面風回聚落花.

井放轆轤閑浸酒, 籠開鸚鵡報煎茶.

幾人圖在淩煙閣, 曾不交鋒向塞沙.

전장을 누비며 공을 세운 백전의 노장이지만

이제 고요한 거처를 좋아하니

으리으리한 후작 저택이라도 신선집처럼 고요하네

비만 오면 자라는 담장의 잔 풀은 치울 사람 없이 키만 커가고

연못 수면엔 바람이 떨구어 놓은 꽃잎이 떠 있네

여름날 차가운 술 생각나면

우물 두레박에 술잔 담궈 술을 식히고

차 마시고 싶어 물을 끓이면

앵무새가 조롱 속에서 날아와 물 끓는다 알려주네

과거 용맹했던 노장의 모습은 어디에서 찾을까?

능연각에 공신 초상 걸려 있으니

노장도 젊은 시절 사막에서 황사 맞으며 전장을 누볐겠지

◆ 감상

　장빈의 칠언율시이다. 1·2구는 적막한 노장의 심경과 쓸쓸하고 조용한 그의 집을 묘사하고 있다. 다음 네 구에는 시인의 집 담장과 정원의 모습을 묘사하면서 적막하고 쓸쓸한 광경을 드러냈다. 저택이 넓어도 기와 담장에 난 잡초를 정리할 사람조차 없다. 그리고 술과 차를 직접 준비해 마시는 노장의 일상생활을 담담히 묘사하고 있다.

　앞 여섯 구는 적막하고 한적한 노장의 '신선 같은 생활'을 써 내려 갔으나, 뒤 두 구에서는 분위기를 바꾸어 시의 의도를 분명히 하였다. 이전에 백전백승의 공으로 봉후의 작위를 얻은 노장이 점점 의기소침에 빠진 듯하자 과거의 기백을 되살려 보고자 노장을 위로하고 있다.

◆ 작자 소개

　장빈張蠙(?-?)은, 자字는 상문象文이며, 청하靑河(지금의 북경) 사
람이다. 의종懿宗 함통咸通 연간(860-874)에 허당許棠, 장교張喬,
정곡鄭穀 등과 함께 함통십철咸通十哲이라 불렸다. 895년 진사가
되어, 교서랑, 역양위, 서포령 등을 지내다가 나중에 전란을 피해 촉
땅으로 들어갔다. 율시에 뛰어났는데 변경의 풍광을 특히 잘 묘사했
다. 시가의 경계가 매우 넓고 시어가 소박하다.

〈지두산수도指頭山水圖〉, 조선朝鮮 이인문李寅文

20. 못에 핀 연꽃
曲池荷

노조린盧照隣

떠다니는 향기 굽은 물가를 에둘렀고
둥근 달빛 연꽃 핀 못을 덮었네
가을바람 이른 것을 늘 근심하느라
지는 모습 그대는 감상하지 못하네

浮香繞曲岸, 圓影覆華池. 常恐秋風早, 飄零君不知.

그윽한 향기 구불구불한 못가에
은은히 떠도는 여름밤 달빛이 못 가득 피어난 연꽃을 비추는데
어느 것이 달빛인지 연꽃인지 가늠할 수가 없다.
소슬한 가을바람 일찍 불어와 늘 근심하느라
연꽃 지는 것을 그대가 마음껏 감상하지 못하게 했네.

◆ 감상

　이 시는 1·2구에서 연꽃의 아름다운 모습을 직접 묘사하기보다 은은한 향기로 연꽃을 간접적으로 묘사했으며, 3·4구는 연꽃이 가을바람에 지는 것으로 회재불우懷才不遇의 심정을 노래했다.

　노조린은〈석질문釋疾文〉에서 생기 발발한 봄에 죽음을 애도한다고 했다. 예민한 감수성이 때로는 범인이 느끼지 못하는 미美의 비밀을 발견하는 것이 시인의 본령이라 좋기도 하지만, 때로는 죽음이나 쇠락을 앞서 예감하고 상심하는 것은 시인의 병폐이기도 하다. 여름은 그저 여름일뿐.

석질문釋疾文 비부悲夫

노조린盧照鄰

봄에 만물이 희희낙락한 가운데
생기를 느끼면서 죽음을 애도하네.
여름에 온갖 풀 무성한 가운데
무성함을 보면서 쇠락할 것을 안다네.
가을에 된서리 내리는 가운데
깊이 근심하는 사람 그 때문에 우울하고
겨울에 음기 쌓이는 가운데
근심어린 얼굴 그 때문에 웃는 일 드물다네.

春也萬物熙熙焉, 感其生而悼其死. 夏也百草榛榛焉, 見其盛而知其闌.
秋也嚴霜降兮, 殷憂者爲之不樂. 冬也陰氣積兮, 愁顔者爲之鮮歡.

◆ 작자 소개

　노조린盧照鄰(약635－약680)은 초당사걸 중 한 명이다. 그는 일생
동안 포부를 펴지 못하고 가난과 병에 시달렸다. 등왕鄧王의 모반사
건에 연루되어 투옥되고 출옥 후에는 병에 걸려 매우 고통스런 생활
을 하였으며, 마지막에는 병으로 인한 고통을 못 이겨 영수穎水에
빠져 죽는다. 따라서 그의 시에는 근심과 고뇌, 분한 마음이 투영된
작품이 많다.

노조린

21. 변방의 노래
塞下曲[1]

🌸 이백李白

오월 천산에 눈 내리는데
꽃은 없고 춥기만 하네
피리 소리에 절양류곡 들리나
봄 경치는 아직 보지 못했네.
이른 새벽 징과 북소리에 출전하고
저녁에는 안장을 끌어안고 자네
원컨대 허리에 찬 검으로
곧장 누란을 베고자 하네

五月天山雪, 無花只有寒. 笛中聞折柳[2], 春色未曾看.
曉戰隨金鼓, 宵眠抱玉鞍. 願將腰下劍, 直爲斬樓蘭.

1 새하곡: 여섯 수 중 첫째 수다.
2 절류: 〈절양류折楊柳〉이니, 옛날 악곡명이다. 버드나무 가지를 꺾어 송별하는 풍
  속에서 유래되었다.

한여름 오월 천산엔 아직도 온 산에 눈이 날리고
살을 에는 한기에 봄풀이라곤 찾아볼 수가 없다.
이 때 어디선가 〈절양류〉곡 피리소리에 봄빛을 상상만하지
실제로 봄날을 본적이 없다.
병사들은 낮에는 징과 북소리에 목숨을 바쳐 적들과 싸우고
밤이면 안장을 안고 잠이 든다.
단지 바라는 일은 허리에 찬 검으로
되도록 빨리 변경을 평정하고 나라를 위해 공을 세우는 것이네.

◆ 감상

　율시律詩는 대우對偶, 성운聲韻, 글자 수, 구수句數, 기승전결起承轉結이 내용의 연결에 있어도 긴밀한 관계를 가져야 하기 때문에 시를 짓기가 매우 까다롭고 심지어 내용이 형식에 매몰되기도 한다. 자유와 파격을 추구한 이백은 이런 율시의 형식미도 과감하게 벗어던진다.

　원래 1·2구(기), 3·4구(승), 5·6구(전), 7·8구(결)의 방식을 1−4구(기), 5·6구(승), 7·8구(전결)로 변형시킨다. 기승부분에서는 변방생활의 노고를 묘사하여 원망하는 듯한 분위기였으나, 7·8구에서 돌연 검을 뽑아 누란국왕의 목을 베려고 한다.

　당대의 변새시가 고단하고 외로운 변방생활 속에서 나라에 충성하고자하는 포부를 밝히는 것이 대체적인 내용인데, 이백은 기와 승의 악조건을 길게 묘사하여 전결의 포부를 훨씬 돋보이게 했다. 이를 두고 청나라 왕부지王夫之는 "마지막 두 구절을 위해 앞의 여섯 구절을 지었다."라고 평했다.

〈하경산수도 夏景山水圖〉, 조선朝鮮 심사정沈師正

四

여름 풍경

절구 즉흥시

오랜비에 망천장에서 짓다

제안군 연못 절구

시냇가에서 비를 만나다

보은사 상방에 쓰다

한여름 꽃

비 멎은 후 넓은 들판 바라보며

산속 별장에서 보내는 여름날

강촌

22. 절구 즉흥시
絶句漫興[1]

🪷 두보杜甫

오솔길에 뿌려진 버들 꽃 흰 융단을 깔아 놓은 것 같고
시내에 점점이 떠있는 연잎은 푸른 동전을 겹친 것 같네
어린 죽순 보는 사람 없고
모래밭의 새끼 오리는 어미 옆에 쌔근쌔근 잠들었네

糝徑楊花鋪白氈, 點溪荷葉疊靑錢.
筍根雉子無人見, 沙上鳧雛傍母眠.

1. 절구만흥: 아홉 수 중 일곱째 수다.

오솔길에 날려 떨어진 버들 꽃은
흰 융단을 깔아 놓은 것 같고
시냇물 위에 점점이 떠 있는 여린 연잎은
푸른 동전처럼 하나씩 겹쳐져 있네.
대나무 숲 속에 막 솟아오른 죽순은 바라보는 사람 없고
여울 모래섬 위에는 알에서 갓 부화된 새끼 오리가
어미 옆에 쌔근쌔근 단잠에 빠졌네.

◆ 감상

　그림같이 아름다운 초여름 풍경을 묘사했다. 앞 두 구절은 풍경을, 뒤 두 구절은 풍경 가운데 있는 죽순과 새끼 오리를 묘사했는데 경치와 오묘하게 어우러졌다.

　네 구절은 각각 하나의 장면으로 독립해 있는 것 같지만, 전체적으로 종합하면 초여름 교외의 한가롭고 고요한 자연경관을 구성한다. 세밀한 관찰을 기초로 한 묘사는 작가가 숲과 계곡을 느릿하게 걸으며 느끼는 감정을 은연중에 드러낸다. 섬세하면서도 사실적인 묘사가 평이하고 생생한 시어를 통해 전달되어 의경이 청신하다.

화조도花鳥圖, 작자미상

23. 오랜 비에 망천장에서 짓다
積雨輞川莊作

🪷 왕유王維

오랜 비에 텅 빈 숲 불 피우기는 더딘데

명아주 찌고 기장밥 지어 동쪽 들로 밥을 내어가네

드넓은 무논에 백로 날고

그늘 짙은 여름 숲에 꾀꼬리 지저귀네

산 속 익숙한 고요함에 아침 무궁화 보고

소나무 아래 채식 밥상 차리고 이슬 맞은 아욱을 따네

시골 노인 사람들과 자리 다투기를 그만두었는데

갈매기 무슨 일로 의심하나

積雨空林煙火遲, 蒸藜炊黍餉東菑. 漠漠水田飛白鷺, 陰陰夏木囀黃鸝.
山中習靜觀朝槿, 松下淸齋折露葵. 野老與人爭席[1]罷, 海鷗[2]何事更相疑.

---

1 쟁석:《장자莊子》〈잡편雜篇 우언寓言〉이 출전이다. 양주거楊朱去가 노자老子에게 도道를 배우러 가는 도중에는 여관 주인이 그를 환대하고 다른 손님들은 그에게 자리를 양보했다. 그가 노자를 만나 도를 배운 뒤에는 여관 사람들이 자리를 양보하지 않고 그와 자리를 다투었다. 자연의 도를 체득하여 사람들과 거리가 전혀 없었다는 말이다.

2 해구:《열자列子》〈황제黃帝〉가 출전이다. 매일 아침 바닷가에 나가 갈매기들과 노는 사람이 있었는데, 그의 아버지가 말했다. "내가 들으니 갈매기들이 모두 너와 더불어 논다고 하던데, 네가 잡아 오면 내가 그 갈매기와 놀아보겠다." 다음 날 바닷가로 나가보니 갈매기들은 맴돌면서 내려오지 않았다.

오랜 장맛비로 습기가 많은 텅 빈 숲에
밥 짓는 연기 더디게 피어오르는데
명아주 찌고 기장밥 지어 동쪽 들판으로 밥을 내어간다.
드넓은 물 댄 논 위로 백로가 날고
짙은 그늘 드리운 여름 숲에서는 꾀꼬리가 지저귄다.
산 속은 언제나 그렇듯이 고요한데
아침 일찍 일어나 무궁화 둘러보고
소나무 아래에서 채식 밥상 차리고
이슬 맞은 아욱도 따서 반찬을 더한다.
시골 노인은 사람들과 더 이상 자리 다툴 일 없는데
갈매기는 어찌하여 아직도 의심하는가?

◆ 감상

　장마 기간의 풍경을 시인의 시야에 들어오는 대로 담담하게 묘사
했다. 1구의 '지遲'는 비 내리는 가운데 밥 짓는 연기를 생생하게 표
현한 것일 뿐 아니라 한적하고 편안한 시인의 심경도 보여준다. 3구
와 4구의 '막막漠漠'과 '음음陰陰'은 첩자疊字를 사용하여 이미지를
더 선명하게 했는데 방동수方東樹는 '경물 묘사가 매우 생생하여 만
고에 뛰어난 구절'이라고 평했다.

　텅 빈 숲 속의 고요함과 들판의 분주함, 환하게 드러난 들판과 녹
음이 우거져 그늘진 숲, 흰 백로와 노랑 꾀꼬리, 사람과 동물들로 활
기가 넘치는 전반부와 한적하고 고요한 마음을 지키고 살아가는 시
인의 모습을 그리고 있는 후반부 등 선명한 대조를 통해 이 시는 여
름 전원을 그린 풍경화를 우리에게 선사한다.

◆ 작자소개

　왕유王維(701-761 또는 699-761)는, 자字는 마힐摩詰, 호號는 마
힐거사摩詰居士이다. 하동河東 포주蒲州(지금의 산서山西 운성運城)
사람으로 원적은 산서山西 기현祁縣이다. 시인이자 화가이기도 하다.
　당 숙종肅宗 건원乾元 연간에 상서우승尙書右丞에 임명되어 '왕
우승王右丞'이라 불렸다.
　선종禪宗의 이치를 체득했고 장자莊子를 공부하고 도가道家를
신봉했다. 개원開元, 천보天寶 연간에 시명詩名을 날렸는데 오언五
言이 특히 뛰어났다. 맹호연孟浩然과 함께 산수시파로서 '왕맹王孟'
으로 병칭되었고, '시불詩佛'이라는 호칭도 얻었다. 서화도 매우 뛰
어나서 남종산수화의 시조로 받들어지기도 했다. 소식蘇軾은 "마힐
의 시를 음미하면 시 속에 그림이 있고, 마힐의 그림을 보면 그림 속
에 시가 있다."고 평했다.

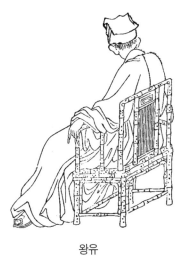

왕유

24. 제안군 연못 절구
齊安郡後池絶句

🪷 두목杜牧

마름 풀과 부평초는 연못 푸르게 물들이고
여름 꾀꼬리는 쉼 없이 지저귀며 찔레 가지 사이로 다니네
하루 종일 찾아오는 사람 없이 가랑비만 바라보는데
원앙 한 쌍이 붉은 깃 셋네

菱透浮萍綠錦池, 夏鶯千囀弄薔薇.
盡日無人看微雨, 鴛鴦相對浴紅衣.

연못 수면 위로 올라온 마름 풀과 물 위에 떠 있는 부평초는
연못을 푸른 비단처럼 뒤덮고
여름날의 꾀꼬리는 찔레꽃 사이로
날아다니며 쉴 새 없이 지저귀네.
하루가 다 가도록 찾아오는 사람 없어
그저 내리는 가랑비만 바라보는데
원앙 한 쌍은 연못에서 붉은 깃털 씻네.

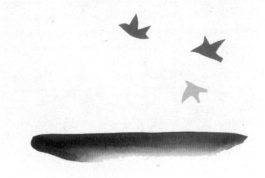

◆ 감상

한 폭의 풍경화가 시 속에 그대로 담겼다. 시인은 독자를 아무도 없
는 고요한 정원으로 이끈다. 가랑비가 내리는 가운데 연못 주변에 펼
쳐진 풍경과 풍경을 구성하는 여러 가지 경물이 시선의 움직임에 따
라 하나씩 눈에 들어온다. 가랑비에 씻겨 푸른빛이 선명해진 마름 풀
과 부평초, 붉은 찔레꽃 사이로 분주히 날아다니는 노랑 꾀꼬리가 눈
을 시원하게 해준다. 찾아오는 사람 없어 가랑비만 응시하는데 갑자
기 붉은 원앙이 시야에 들어와 흐린 풍경을 배경으로 클로즈업 된다.

한가로운 가운데 주변의 풍경 속으로 들어가 일체가 된 시인의 마
음이 그대로 느껴진다.

◆ 작자 소개

두목杜牧(803 - 약852)은, 자字는 목지牧之, 호號는 번천거사樊川
居士이고, 경조京兆 만년萬年(지금의 섬서陝西 서안西安) 사람이다.
뛰어난 시인이자 산문가였다.

만년에 장안長安 남쪽 번천樊川의 별장에서 지냈으므로 '두번천'
이라고도 부른다. 칠언절구가 뛰어나다는 평을 들었는데 역사에 대
해 읊고 마음속의 감정을 표현한 것이 대부분이다. 재기가 뛰어나고
이지적이어서 만당晚唐 시가 가운데 상당히 높은 수준에 이르렀다.
이상은李商隱과 함께 '소이두小李杜'라고 불리기도 한다.

두목

25. 시냇가에서 비를 만나다
溪上遇雨[1]

🌸 최도융崔道融

얼핏 먹구름 보니 쏟아질듯 비 머금었더니
앞산에 퍼붓는데 이곳은 햇볕이 쨍쨍
비구름 머리 위에 있어 문득 놀랐더니
도리어 산 앞은 석양으로 붉게 타오르네

坐石黑雲銜猛雨, 噴灑前山此獨晴.
忽驚雲雨在頭上, 却是山前晚照明.

1 계상우우: 두번째 수다.

잔뜩 찌푸린 하늘에 짙은 먹구름이 앞산에 비를 뿌리는데
이곳은 햇빛이 찬란하다.
그러다가 비를 머금은 먹구름이
어느새 내가 있는 시냇가에 쏟아 붓는데,
조금 전 비 쏟아지던 앞산 봉우리엔
한 줄기 석양이 비치고 있다.

◆ 감상

　누구나 여름날 소나기를 만난 경험이 있을 것이다. 일반적으로 당시는 경물묘사를 서정과 긴밀하게 연결짓거나 서정을 위한 도구로 활용하였다.

　그러나 〈시냇가에서 비를 만나다〉는 서정을 위한 경물묘사를 찾아볼 수가 없다. 전체적으로 여름 소나기의 특징을 사실적으로 묘사하고 있다. 소나기가 조금 전 앞산에 있었다가 어느새 시인이 있는 시냇가로 몰려와 쏟아 부우니 피할 겨를이 없다. '얼핏 보다[坐看]'와 '갑자기 놀라다[忽驚]'는 소나기에 놀란 작자의 표정을 잘 나타낸다. 먹구름을 의인화시켜 일부러 애를 먹이거나 장난치는 것처럼 묘사했다.

　북송의 대문호 소식蘇軾에게도 비슷한 시가 있어 비교하면, 소식은 망호루望湖樓 하나의 경치에 붓을 대어 각기 다른 시간의 변화를 묘사한 반면, 이 시는 '앞산'과 '시내' 두 곳에 착안하여 시간과 공간에 따른 경물의 변화를 묘사했다. 시의 운치에서는 소식이 뛰어나지만 시의 구조에서는 이 시가 뛰어나다는 평을 듣는다.

6월27일 망호루에서 취해서 짓다六月二十七日望湖樓醉書

소식蘇軾

먹구름 먹물을 뿌리며 산을 다 덮지도 않았는데
흰 비는 구슬을 튕기듯 어지럽게 배안으로 들어오네.
거센 바람 불어와 갑자기 비를 흩어 뿌리더니
망호루 아래 호수 물 하늘빛처럼 푸르기만 하네.

黑雲翻墨未遮山, 白雨跳珠亂入船. 卷地風來忽吹散, 望湖樓下水如天.

최도융崔道融(?-?)은, 자호는 동구산인東甌散人이며, 형주荊州 강릉江陵 사람이다. 건녕乾寧 2년(895)을 전후하여 영가현령永嘉縣 令을 맡았으며 일찍이 섬서, 호북, 하남, 강서, 절강, 복건 등의 지역 을 유람한 것으로 전해진다.

희종 건부 2년(875)에 영가산재永嘉山齋에서 시 500수를 모아 《신당시申唐詩》3권으로 편집했다. 또《동부집東浮集》9권이 있 다. "사공도 방간과 시우詩友가 된다"는 당말의 시인인 사공도司空 圖 방간方幹과 시우를 맺는다.《전당시全唐詩》에 시가 80수 가까이 남아있다.

26. 보은사 상방에 쓰다
題報恩寺上方

🪷 방간 方幹

어서 오시오! 먼저 이 절에 올라보시오
시야는 무궁하고 세계는 광활하오
낙숫물 공중으로 내뿜으니 맑아도 비 오는 것 같고
숲 속의 덩굴은 해를 가려 여름인데도 서늘하네
뭇 산 끝이 없이 이어지고
오는 내내 오르내렸던 길 생각이 나질 않소
맑고 험한 경치 마음속에 맴돌아 돌아갈 길 아쉬운데
앞으로 꿈속에서 와도 이별하기 어렵겠지

來來先上上方看, 眼界無窮世界寬.
巖溜噴空晴似雨, 林蘿礙日夏多寒.
衆山迢遞皆相疊, 一路高低不記盤.
清峭關心惜歸去, 他時夢到亦難判.

오시오! 오시오! 산림의 정상으로 먼저 오시오!

이곳은 시야를 최대한 넓힐 수 있으니

세상이 얼마나 광활한지 한 번 보시오.

바위에선 폭포수가 쏟아져 구름안개가 쉼 없이 떨어지는 것이

마치 맑은 하늘에 비로 된 발이 걸린 것 같소.

숲 속의 덩굴은 나무를 감아 올라 하늘과 해를 가려 짙은 그늘을 만드니

한바탕 상쾌한 기운이 뼈 속까지 스며든다오.

숲을 나와 멀리 바라보면 멀리 고갯마루 끝없이 이어지는 사이로

점점이 높은 봉우리 솟았으니 파도가 용솟음치는 것 같다오.

높은 곳에 오르면 좌우로 꺾어지고 위아래로 오르내리던 흥취에

얼마나 구불구불 돌았는지 기억이 나지 않는다오.

이 상방의 경치 오랫동안 내 마음에 맴돌아 돌아갈 길 아쉽기만 하다오.

오늘 이곳을 떠나면 언제 다시 올수 있을까?

언젠가 다시 꿈속에 이곳을 오더라도 헤어지기 아쉬울 것이오.

◆ 감상

　시인은 서두부터 자신의 탁 트이고 즐거운 마음을 드러내고 있다. 특히 "어서 오시오"나 "먼저 오르시오" 같은 말은 통속적이고 격한 감정을 그대로 드러내고 있다.

　중간의 네 구절에서는 절벽 위에서 쏟아지는 폭포의 동적인 이미지, 숲 속 덩굴의 정적인 상태, 뭇 산들의 멀리 뻗어가는 원경과 가까운 곳에서 먼 곳으로 이어지는 산길을 차례차례 묘사했다. 마지막 두 구절에서는 아쉬움 속에 끝을 맺고 있지만 이 아쉬움은 독자의 마음속에 끝없는 파문을 던지고 있다.

　이 시에는 일반적으로 산사를 방문한 후 짓는 당시는 선禪적인 분위기를 풍기게 마련인데, 이 시는 시인의 탁 트인 기분, 섬세한 관찰, 민첩하고 변화다단한 개성을 볼 수 있다.

◆ 작자 소개

　방간方幹(836-888)은 목주睦州 청계靑溪(지금 절강성 순안淳安) 사람이다. 사람됨이 질박하고 꾸밈이 없었다. 율시에 뛰어났으며 기발한 생각이나 기지에 찬 구절이 많다. 혼란한 사회상을 반영했거나 백성들의 고통을 동정한 시, 자신의 회재불우의 감회를 노래한 시가 있다. 문덕文德 원년(888)에 회계會稽에서 객사하여 동강桐江에 묻혔다고 전해진다.《전당시全唐詩》에 6권 348수가 전한다.

27. 한여름 꽃
夏花明

🌸 위응물韋應物

한여름 나뭇가지 무성하여
가지 사이 맺힌 붉은 꽃 더욱 선명하네
찌는듯한 정오 태양아래
활짝 핀 꽃, 타오르는 불꽃 같아라
마침 불어오는 바람에 꽃잎 어지럽게 흔들리는데
호숫가 잔잔한 수면에 비친 그 모습 더욱 아름답네
돌아와 문 사이에 걸린 주련¹ 글자 바라보자니
타오르는 듯 찬란한 꽃만 눈앞에 어른거리네

夏條綠已密, 朱萼綴明鮮. 炎炎日正午, 灼灼火俱燃.
翻風適自亂, 照水復成妍. 歸視窗間字, 熒煌滿眼前.

1 주련: 문장이나 시詩 구절을 종이에 쓰거나 나뭇판에 새겨 벽이나 기둥에 붙여 놓
  는 것을 말한다.

찌는 듯한 더위 견딜 수 없어 호숫가에 바람 쐬러 갔더니
푸르른 잎 사이로 핀 꽃 더욱 선명하네
구름 한 점 없는 하늘에서 붉은 태양 빛 내리쬐니
그 빛, 활짝 핀 꽃에 반사되어 마치 이글거리는 불꽃처럼 보이네
마침 호수에서 불어오는 바람에 쓸려 꽃떨기 어지럽게 흔들리는데
흔들리는 수면에 비친 그 모습 더욱 아름답네
집에 돌아와 문 사이에 걸린 주련 글자에 눈길을 두었는데
꽃떨기 섬광, 그 잔상이 남아 눈앞이 어지럽네

◆ 감상

여름은 힘든 계절이다. 무더위에 푹푹 찌는 집에 있자니 우울감만 늘어간다. 누구라도 시원한 바람이 부는 호숫가로 발걸음이 옮겨질 것이다. 이렇게 자연의 변화를 몸으로 느끼는 동시에 시인의 시선은 호숫가로 이동한다. 그러나 호숫가라고 해서 더위를 피할 방법은 없다. 내리쬐는 태양빛에 반사된 꽃떨기마저 이글거리며 타는 불꽃같아 보인다. 게다가 물결 출렁이는 호숫가를 바라보니, 무성한 꽃잎이 수면에 반사되어 눈을 더욱 현란하게 한다.

1·2구는 여름의 정경을 담담하게 이야기 하면서 무성하고 푸른 나뭇잎으로부터 붉은 꽃으로 시의 소재를 집중하게 하였다.

꽃의 아름다움은 3−6구에서 태양 빛·호수 물이라는 자연과 만나 더욱 심화된다. 태양 빛이 반사된 붉은 꽃떨기 때문에 이미 눈이 현란한데, 흔들리는 호수 수면에 비친 꽃을 바라보니 반짝이는 빛이 더해져 더욱 아름다운 모습으로 다가온다. 조심조심 그 풍경을 머릿속에 되뇌며 한 걸음에 집으로 돌아온다. 대문을 열고 조심스레 집에 들어서는데, 문 양 옆에 걸린 주련 글자가 눈에 들어온다. 그러나 방금 호수에서 쬔 강렬한 빛 때문일까? 그 붉은 꽃의 강렬한 잔상이 눈에 가득하여 주련 글자가 그 잔상으로 어른거린다.

시인은 바람 쐬러 나간 호숫가에서 우연히 붉은 꽃을 보았고, 내리쬐는 태양빛과 눈에 반사되는 호숫가 수면의 빛 속에 어우러진 아름다운 꽃의 모습에 잠시 무더위의 우울한 심정을 잊게 된다. 더워서 견디기 힘든 한여름의 우울한 심리가 호숫가에 활짝 핀 꽃으로 분위기가 반전된 것이다. 이러한 것도 하나의 피서避暑가 아닐까?

위응물韋應物(737－804)은 경조京兆 장안長安(지금의 섬서성 서안 시) 사람이다. 백거이白居易·고황顧況·유장경劉長卿·교연皎然 등 과 교유하였다. 주로 오언시를 지었는데, 도연명·왕유王維와 비슷 하게 전원의 풍경을 잘 묘사했다. 시어가 담백하며, 백성의 괴로움 을 주제로 삼은 작품이 많다.《위소주집韋蘇州集》10권을 남겼다.

28. 비 멎은 후 넓은 들판 바라보며
新晴野望

왕유 王維

비 멎은 들판 윤기 흐르고
눈 닿는 곳 어디에도 티끌 한 점 없네
성곽 문은 나루터에 닿았고
길가 가로수 시내에 이어있네
맑은 강물은 들판 너머에 반짝이고
푸른 봉우리는 산 뒤에 솟았네
농사철이니 한가한 사람이 없어
온 식구 남쪽 밭에 나가 일을 하네

新晴原野曠, 極目無氛垢. 郭門臨渡頭, 村樹連溪口.
白水明田外, 碧峰出山後. 農月無閒人, 傾家事南畝.

비 그치자 들판 더욱 광활하여 윤기 흐르고
대기는 먼지 한 점 없이 깨끗하여 시야가 탁 트였네
뒷산 언덕에 올라 마을 정경 바라보자니
마을 들어오는 문은 나루터에 세워져 있고
길가에 선 가로수는 시내로 이어져 있네
반짝이는 강물은 들판 너머에서 흘러가고
푸른 산봉우리는 언덕 뒤로 솟았네
마을 한적하여 사람 하나 보이지 않는데
농번기에 모두가 농사일 나가서일까?

◆ 감상

이 시는 마을 풍경을 노래한 전원시다. 초여름 비 개인 후에 마을을 조망하던 시인이 담담하게 마을 풍경을 묘사하듯 글로 옮겨놓았다. 그래서 시를 읽으면 맑은 날씨에 마을 뒷산에 올라 직접 촌락을 감상하는 듯한 착각을 불러일으킨다.

사방을 둘러보다 시야를 넓혀 먼 곳을 바라보면 마을 초입에 문이 세워져 있고 그 앞에는 나루터가 보인다. 시야를 조금 좁히면 길게 이어진 푸른 나무가 강가로 이어져 있다. 아마 이렇게 전체 마을을 조망할 만큼 탁 트인 시야는 좀처럼 드물 것이다. 더 먼 곳도 뚜렷이 보인다. 은백색으로 반짝이는 강물 물결이 들판 밖으로 흐르고, 뒤를 돌아보니 언덕 뒤로 첩첩이 솟은 푸른 봉우리가 선명하게 보인다.

시인의 눈길을 따라가자면 먼 곳으로부터 가까운 곳으로 왔다가 다시 가까운 곳에서 먼 곳으로 시선을 옮기고 있다. 층차가 뚜렷하고, 구조가 분명하고, 색깔이 다채롭고 맑아서 천연색으로 그린 한 폭의 수채화를 보는 듯하다.

그러나 이것은 풍경을 글로 옮긴 것에 불과하다. 아름답기는 하지만 마을이 텅 비고 활력이 없어 보인다. 왕유는 산수시와 산수화의 대가다. 활력 없는 마을 분위기를 충분히 이해하고 있었을 것이다. 마지막 두 구절에서 그 이유를 설명하면서 매우 정적인 화면 속에 동적인 인물을 가미하면서 독자로 하여금 농번기의 분주한 분위기를 상상하게 해 준다.

〈경답耕畓〉《단원풍속도첩檀園風俗圖帖》, 조선朝鮮 김홍도金弘道

29. 산 속 별장에서 보내는 여름날
山亭夏日

🪷 고병高騈

푸른 나무 짙은 그늘, 여름날 해는 길기만 하고
수면에 비친 누대 그림자, 연못 속에 거꾸로 서 있네
수정발 살랑살랑 미풍이 일자
뜨락 만발한 장미꽃 향기 온 집에 퍼지네

綠樹濃陰夏日長, 樓臺倒影入池塘.
水品簾動微風起, 滿架薔薇一院香.

정오 무렵 푸른 나뭇잎 짙은 그늘 아래서 더위를 피하는데
저 태양은 언제 서산으로 넘어갈까?
연못을 바라보니 태양아래 서 있는 누대도 무척 더운 듯
연못 속에 거꾸로 서 있네.
어디선가 맑은소리 들려와 바라보니
미풍에 수정발 흔들리는 소리!
바람 맞으려 뜨락으로 자리 옮겼는데, 바람이 그랬을까? 장미향이
온 뜨락에 가득하네.

◆ 감상

　이 시는 여름날 풍광을 묘사한 칠언절구다. 첫 구는 한 여름의 풍경을 담담하게 노래했다. 푸른 나무와 짙은 그늘은 독자에게 여름날 한 낮에 쏟아지는 강렬한 태양빛을 간접적으로 느끼게 해 준다. 게다가 날까지 길어져 견디기 힘든 시인의 마음을 독자는 충분히 상상할 수 있다. 이러한 상황에서 시인의 시선이 호숫가로 가는 것은 자연스럽다. 자신도 모르게 바라본 호수 수면에 누대가 거꾸러진 채로 호수 속에 들어있다. 시인은 이 광경을 "수면에 비친 누대 그림자 연못 속에 거꾸로 서 있다[樓臺倒影入池塘]"라고 표현했다. 그런데 시어 가운데 '입入'자가 매우 독특하다. 누대가 호수에 거꾸로 '입수入水' 했듯이 시인 자신도 누대처럼 물 속에 입수하고 싶었을까? 여름날 무더위가 얼마나 견디기 힘들었을까?

　마음을 진정시키려고 주변을 둘러보자 그제서야 주변 물건이 시야에 들어온다. 마침 호수로부터 바람이 불어와 문에 매달린 수정발이 맑은 소리를 내며 흔들린다. 시원한 바람을 더 맞으려고 수정발 매달린 뜨락으로 장소를 옮기자 불어온 바람에 만발한 장미꽃에서 향기가 퍼져 나와 온 뜨락이 장미향으로 가득하다.

　여름날 풍경을 회화 수법으로 묘사하고 있어서 1·2구의 '푸른 나무', '짙은 그늘', '여름날 태양', '수면에 비친 누대 그림자'는 독자의 시각을 자극하며, 3·4구의 '수정발', '미풍', '장미향' 등은 청각, 촉각, 후각을 자극하고 있어서 모든 감각을 이용해 감상할 만한 시다.

◆ 작자 소개

　고병高騈(821-887)은, 자字는 천리千里이며 유주幽州 광계光啓 (지금의 북경 부근) 사람이다. 선대가 산동山東 명문 발해 고씨渤海高 氏다. 금군禁軍 집안에서 출생하여 우신책군도우후右神策軍都虞 侯, 진주자사秦州刺史, 안남도호安南都護 등을 지냈다. 황소黃巢가 난을 일으켰을 때 전투 중에 큰 부상을 여러 번 당하였고, 공을 인정 받아 제도행영병마도통諸道行營兵馬都統에 제수되고 발해군왕渤 海郡王에 봉해졌다. 그러나 나중에 수도로 향하는 황소의 군대를 제 대로 막지 않아 병권을 삭탈 당했다.

　황소의 난이 평정된 후 권력에서 멀어졌고, 만년에는 방술方術에 빠져 사리분별을 못할 정도로 정신이 피폐해졌다. 887년(광계 3), 상 하에 인심을 잃어 부하에게 살해당한다. 고병은 무인으로서 문학을 즐겼고 특히 시詩를 잘 지었다.《전당시全唐詩》에 시 50수가 남아 있다.

30. 강촌
江村

맑은 강줄기 마을 휘돌아 흐르는데
긴 여름 강촌엔 일마다 한적하네
처마 아래 제비 마음대로 드나들고
물가 갈매기 하늘에서 짝지어 노네
늙은 아내 종이에 선 그어 바둑판 만들고
어린 아들은 바늘을 두드려 낚시 바늘 만드네
녹봉을 나눠주는 친구 있으니
이 미약한 몸, 더 무엇을 바랄까

淸江一曲抱村流, 長夏江村事事幽.
自去自來堂上燕, 相親相近水中鷗.
老妻畫紙爲碁局, 稚子敲針作釣鉤.
但有故人供祿米, 微軀此外更何求.

전란을 피해 이곳 완화계浣花溪로 왔네
맑은 강줄기 마을을 휘돌아 흐르는데
이제 여름에 들어선 강촌엔 일없이 매우 한적하네
처마 밑 지지배배 제비는 제 멋대로 드나들고
물가 모래톱 갈매기는 자유롭게 날아다니며 짝지어 놀고 있네
집에 돌아오니 늙은 아내는 종이에 선을 그으며 바둑판을 만들고
아이들은 낚시 나가려는 듯, 철침 굽혀 낚시 바늘 만들고 있네
아! 모두가 본성대로 한적하게 살고 있으니 얼마나 행복한가?
그러나 한적한 내 생활도 벗의 녹봉에 의지하고 있으니
아무것도 할 수 없는 내가 이 밖에 더 무얼 바라겠는가!

◆ 감상

이 시는 760년에 지어졌다. 당나라는 5년 전인 755년 안록산의 난이 발발하여 전국이 전란의 소용돌이로 빠져들었다. 두보는 4년간 유랑생활을 하면서 동주同州에서 면주綿州를 지나 전란의 영향을 받지 않은 서남부 도시 성도成都 교외 완화계浣花溪에 도착했다. 두보는 이곳에서 벗의 도움을 받아 초당을 짓고 잠시 동안 안정된 생활을 하게 된다. 〈강촌江村〉은 초여름 완화계 자연과 이곳에서의 일상을 쓴 전원시田園詩다.

이 시에서 관건이 되는 시어는 1연 제2구의 "일마다 그윽하다[事事幽]"라는 묘사다. 가운데 네 구는 바로 이 시어와 긴밀하게 연결되어 있다. 처마 밑 제비가 자유롭게 드나들고, 물가 갈매기가 짝지어 노는데, 이 모두가 본성대로 즐기며 살고자 하는 두보의 눈에는 잊혀지지 않는 모습이다. 한적한 물정物情처럼 '한적하고 조용한' 인간사는 특히 시인이 바라는 것이다. 이 마음을 가진 시인의 입장에서 바둑판 그리는 늙은 아내와 낚시 바늘 만드는 아이들은 매우 소중하고 사랑스런 존재가 된다. 바둑은 더위를 잊기에 좋고, 낚시는 시간을 보내기에 딱이다. 전란을 겪은 시인이 다시 아내와 아이들과 함께 살며 이런 시간을 보내게 되었는데 얼마나 즐겁고 만족스럽겠는가?

그러나 한적한 생활을 하는 두보에게 걱정이 없는 것은 아니다. 이는 마지막 두 구에서 확인할 수 있다. 마지막 구절에서 "더 무엇을 바랄까?"라는 말로 시를 끝맺는 것으로 보아, 두보는 이미 벗에게 생활비를 부탁한 상황이다. 이러한 한적한 삶도 친구의 지원이 없다면 더 이상 이어갈 수 없다는 사실을 두보는 분명히 알고 있다. 전원에서의 한적한 삶을 노래하는 전원시임에도 이러한 삶이 언제까지나 연장될 수 없다는 우울감이 시의 분위기를 무겁게 만든다. 더구나 "미구 微軀(미약한 몸)"라는 표현에서는 아무것도 할 수 없는 '좌절감'마저 느끼게 한다. 이 점은 전란으로 인해 가난하고 고통스런 삶을 살았던 두보의 전원시에서 발견할 수 있는 독특한 경지라 할 수 있다.

편역

삼호고전연구회三乎古典研究會

태동고전연구소(지곡서당) 졸업생이 주축이 되어 2010년부터 중국 고전을 현대인의 독법에 맞게 번역하고 그 의미를 공부하는 모임이다. 삼호三乎는 《논어》〈학이〉제1장 '불역열호不亦悅乎', '불역락호不亦樂乎', '불역군자호不亦 君子乎'의 세 '호乎' 자를 딴 것이다. 뜻을 같이하는 사람이 함께 모여 즐겁게 공부한다는 의미를 담고 있다.

강민우姜玟佑

서울 출생
한남대학교 사학과 졸업
성균관대학교 대학원 사학과 석사졸업
성균관대학교 대학원 사학과 박사과정
태동고전연구소 수료
(사) 임원경제연구소 연구원

권민균權珉均

부산 출생
동아대학교 중어중문학과 졸업
고려대학교 대학원 사학과 석사·박사 졸업
태동고전연구소 수료
고려대·부경대·창원대 강사

저서
《돌의 문화사 – 돌에 새긴 동아시아 고대의 풍경》(2018) 공저

김자림金慈林

서울 출생
추계예술대학교 동양화과 학사·석사 졸업
성균관대학교 대학원 동양철학과 박사 수료
(사)인문예술연구소 연구원
그림작가

서진희徐鑛熙

　부산 영도 출생

　서울대학교 미학과 학사·석사·박사 졸업

　태동고전연구소 수료

　서울대 · 홍익대 강사

　번역서

　《인문정신으로 동양예술을 탐하다》(2015)

차영익車榮益

　경남 삼천포 출생

　고려대학교 중어중문학과 학사·석사·박사 졸업

　태동고전연구소 수료

　번역서

　《순자교양강의》(2013),《리링의 주역강의》(2016)

도판 참고 문헌 및 출처

《만고제회도상萬苦際會圖像》

《중국역대인물상전中國歷代人物像傳》

국립민속박물관

국립중앙박물관

당시 사계 唐詩 四季 여름을 노래하다

2019년 9월 1일 초판 1쇄 발행

편역 삼호고전연구회

발행인 전병수
편집·디자인 배민정
발행 도서출판 수류화개
등록 제569－2015002015000018호 (2015.3.4.)
주소 세종시 한누리대로 312 노블비지니스타운 704호
전화 010－3236－0248
팩스 02－6280－0258
메일 waterflowerpress@naver.com
홈페이지 http://blog.naver.com/waterflowerpress
값 15,000원
ISBN 979-11-957915-8-3 (03820)
C I P 2019032536